KB201424

아직 오지 않은 미래를 기억해

아직 오지 않은 미래를 기억해

김멜라 김애란 윤고은 정보라
리사 버드윌슨 얀 마텔 조던 스콧 킴 투이

윤진 · 홍한별 옮김

민음사

차례

젖은 눈과 무적의 배꼽

김멜라

한 마음이 사라졌다. 한 생각이 사라졌다.

배꼽 문이 닫히고 빛이 꺼졌다.

크리스마스는 안경을 벗고 눈자위를 손으로 눌렀다. 속으로는 그 빛이 내던 박자를 떠올렸다. 음 타타 음 타타 음 타타.

그 빛은 왈츠의 리듬처럼 세 박자로 점멸했다. 지난해 가을부터 이듬해 봄까지 크리스마스가 학교에서 본 가장 생기어린 빛이었다. 빛은 미끄덩한 점액질에 둘러싸여 물속에 흩뿌려진 알처럼 한 여자의 배꼽에서 선명하게 반짝였다. 크리스마스는 그 주홍빛을 '연어알'이라 이름 붙였다. 연어알을 처음 봤을 때 크리스마스는 학교 정문 앞 도로를 건너고 있었다. 건널목 맞은편에서 또렷한 주홍빛이 마치 어깨를 흔들며 춤을 추듯 다가왔다. 우묵한 배꼽에 틀어박힌 흐리멍덩한 빛들과 달리 연어알은 한없이 부풀어 오르는 자기의 감정을 가득가득 머금은 채 음 타타 음 타타 박동했다. 안타깝게도 경험보다 의욕이 앞서는 애송이 배꼽이었다. 크리스마스는 연어알의 행동거지를 살피며 빛이 품은 욕망의 정도를 가늠했다.

짝사랑, 3개월 미만, 닿는…… 꿈?

돌개바람처럼 회전하는 율동 상태로 보아 연어알은 발광체의 무의식 깊숙이 침투해 한낮의 몽상과 새벽녘의 꿈을 점령하고 있었다. 빛은 나란히 걸어가는 갈색 레고 머리 여자를 향해 뻗어갔다. 하지만 일자로 앞머리를 자른 그 여자의 배에선 아무런 빛도 새어 나오지 않았다. 흔한 일이었다. 크리스마스는 그런 일방통행 빛에 익숙했다. 먼바다를 향해 끊임없이 빛을 쏘는 끈질기고 성실한 등대 같은 외사랑.

깜박깜박 휘라아 (나 보여?) 깜박깜박 휘라아 (내 맘 안 보여?)

연어알이 반짝이면 크리스마스는 멀리서도 그 빛을 알아챘다. 점심시간에 학생 식당으로 몰려든 인파 속에서도, 대형 강의실에서 한꺼번에 쏟아져 나오는 사람들 틈에서도 연어알은 음 타타 음 타타 한 사람을 향해 빛을 쏘았고, 크리스마스는 그 빛을 관찰했다.

봄 학기가 시작하고 보름이 지난 수요일, 크리스마스는 채플관 앞에서 다시 연어알을 봤다. 삶은 달걀 하나를 손에 쥔 것처럼 가벼운 초경량 우산을 들고 걸어갈 때 시야의 대

각선 방향에서 주홍빛이 깜박였다. 빛 쪽으로 고개를 돌리자 연어알이 친구들과 주물 벤치에 앉아 있는 게 보였다. 그런데 이상하게도 이전에 봤을 때보다 빛의 세기가 눈에 띄게 약해져 있었다. 동글동글하던 형태는 어디서 꿀밤을 쥐어박힌 듯 위쪽이 옴폭 찌그러졌고, 신바람이 나 있던 태도도 온데간데없이 울적하고 풀 죽어 보였다. 실매듭이 풀린 코트 단추처럼 연어알은 발광체의 배꼽 주변에서 위태롭게 흔들렸다. 나선을 그리며 힘차게 돌아가던 빛줄기도 땅에서 뜯겨 나온 나무뿌리처럼 가리가리 갈라져 있었다. 크리스마스는 안경을 벗고 소매 끝을 잡아당겨 안경알을 닦았다.

유별나게 반짝이더니만, 고백했니? 차인 거야?

크리스마스는 먹구름이 몰려가는 하늘을 올려다봤다. 그때 누군가 크리스마스에게 다가와 말을 걸었다.

"안 들어가요? 좀 있으면 문 닫혀요."

크리스마스는 눈을 깜박이며 자신에게 말을 붙인 사람이 누구인지 떠올렸다. A1, 이번 학기 채플의 옆자리 학생이었다. 크리스마스는 지난주 채플 때 A1이 혼잣말하듯 중얼거리던 게 생각났다. "채플 자리는 어떻게 정해지는 거지?" 긴 머리에 청포도색 니트를 입은 여자는 옆에 있는 크리스마스를 보며 예의 바른 태도로 웃었다. 크리스마스는 자기 허벅지 아래 손등을 밀어 넣으며 여자의 시선을 피했다.

"아아, 저는 저기……."

그날도 크리스마스는 뒤쪽의 주물 벤치를 흘깃거리며 말끝을 흐렸다. 저는 여기 남아서 저 빛을 봐야 해요. 이런 말을 어떻게 할 수 있을까? 크리스마스는 입술을 다문 채 고개를 가로저었다. A1은 그 고갯짓의 의미를 알 수 없어 잠시 크리스마스를 멀뚱히 바라봤다. 귀가 새빨개진 크리스마스는 티가 나게 당황한 얼굴로 또 한 번 거절의 의미를 담아 고갯짓을 했다. 그러자 A1은 더는 미적거리지 않고 끝까지 산뜻한 표정을 유지하며 크리스마스에게서 멀어졌다. 그사이 연어알도 벤치를 떠나고 있었다. 속마음 따윈 얼마든지 감출 수 있다는 듯 연어알의 발광체는 친구들과 웃고 있었다. 자기 배꼽에선 저렇게 구조 신호가 깜박이는데.

혼자 남은 크리스마스는 연어알의 마지막 발광을 지켜봤다. 윤기 나던 주홍빛은 쌀 씻은 물처럼 뿌옇게 흐려져 아랫배 쪽을 맥없이 부유하더니 한순간 방향을 바꿔 발광체의 몸속으로 빨려들어 갔다. 음 타타 음 타타

음 ㅁ ㅁ ㅁ ㅁ

한 사람의 심장 박동이 잦아드는 순간을 목격한 듯 크리스마스는 호흡을 멈췄다.

"송출 중지, 배꼽이 닫혀 관찰을 중지한다…… 오버."

크리스마스는 누군가에게 무전을 치듯 작은 소리로 웅얼거렸다. 우산 손잡이에 달린 납작한 단추를 만지작거리며 허탈한 심정으로 하늘을 올려다봤다. 당장이라도 비가 쏟아질 것처럼 습한 날씨였다. 하지만 그날 채플이 끝날 때까지 비는 오지 않았고, 크리스마스는 우산이 펴지는 둔탁한 소리와 함께 허공에 일인용 지붕을 만들지 못했다. 오후가 되자 구름이 걷히며 3월의 햇빛이 거리에 쏟아졌다. 크리스마스는 선글라스를 쓴 채 사람들의 배꼽 빛 사이를 누볐다.

*

처음 빛을 봤을 때 크리스마스는 다섯 살이었다. 크리스마스는 자기의 배꼽에서 흘러나오는 연둣빛을 수줍게 고백했다.

"엄마, 내 배꼽에서 빛이 나와."

엄마는 크리스마스의 머리카락을 귓바퀴 뒤로 넘겨 주며 어르듯 말했다.

"꿈꿨니? 꿈에 그런 게 나왔어?"

크리스마스는 그 빛이 엄마를 원한다는 걸 알았다. 처음 빛이 나오기 시작한 것도 엄마의 품에 안겨, 엄마의 살결에 얼굴을 마구 문지르고 싶어 하던 때였으니까. 아빠에게도 그런 빛이 나왔다. 아빠의 빛은 환한 파란색이었고 엄마를 향해 당당하게 뻗어갔다. 심지어 엄마에게 소리치며 짜증을 부릴 때도 빛은 시퍼렇게 일렁였다. 크리스마스는 아빠의 것과 자신의 것을 비교해 보며 배꼽에서 나오는 빛에도 각자의 성질머리가 있다는 걸 알았다. 강낭콩의 싹처럼 조그맣게 두 갈래로 뻗어 나오는 자신의 빛과 수영장 물처럼 시원스레 출렁거리는 아빠의 빛.

하지만 모든 사람의 배꼽이 빛을 내는 건 아니었다. 크리스마스와 아빠의 빛줄기를 받는 엄마는 아무런 빛도 내보내지 않았다. 그때만 해도 크리스마스는 유독 남자 어른들이 거리낌 없이 자기 배꼽의 빛을 강하게 쏜다는 걸 알아차리지 못했다. 그저 세상이 온통 크리스마스트리처럼 반짝여 일 년 내내 성탄절인 것만 같다고 생각할 뿐이었다.

크리스마스는 12색 크레파스로 스케치북에 자신이 보는 빛을 그렸다. 슈퍼 아저씨의 물에 씻은 딸기 빛, 흙탕물처럼 탁한 옆집 오빠의 빛, 날면서 물똥을 싸는 새처럼 찍 찍 뿜어져 나오는 옆집 아줌마의 회색빛.

어른들의 배꼽은 크리스마스의 머리 위에서 쉴새 없이 빛의 화살을 쏘아댔다. 팽팽한 활시위를 잡아당겼다가 놓는 얼얼한 소리가 크리스마스의 귓가에 울리는 듯했다. 그럴 때면 크리스마스는 좋아하는 빛을 보려고 놀이터로 달려갔다. 미끄럼틀 앞에 가면 차례로 은색 빗면을 타고 내려가는 여자애들의 배꼽에서 신선하고 맑은 파열음이 연달아 울렸다.

칭가칭가칭!

더 어리고 더 자주 넘어져서 배꼽이 땅에 닿았다가 일어서는 꼬마애들은 투명한 고드름처럼 차가운 빛 방울을 뚝뚝 흘리고 다녔다.

"뭘 그린 거니?"

어른들은 종일 도화지를 붙들고 있는 크리스마스에게 물었다. 크리스마스는 자신이 보는 빛을 열심히 설명했지만, 어른들은 자기 곰 인형과 비밀 대화를 나눴다는 아이의 말을 듣듯 크리스마스의 얘기를 흘려넘겼다.

바보도 아니고, 내가 왜 인형이랑 말을 해?

크리스마스는 오직 눈에 보이는 것만 그렸다. 보이는 대로 그릴수록 괴상하고 얼룩진 색깔 괴물이 되었지만, 쌍받침과 겹받침 쓰기를 연습하듯이 빛을 그리는 훈련을 멈추지 않았다. 배꼽에 관해선 쥐뿔도 모르는 어른들의 참견을 차단하기 위해 한쪽 팔로 스케치북을 가린 채.

빛이 더 많이 보이기 시작한 건 사춘기 무렵이었다. 체육 시간에 옷을 갈아입는 반 아이들의 배꼽이 그물에 걸린 갈치의 비늘처럼 빛으로 파닥였다. 그 무렵 크리스마스는 크나큰 인내심을 발휘해 친구들의 배꼽 사정을 모른 척했고 대화할 땐 상대편의 인중을 보려고 애썼다. 감추고 위장하는 표정도 아니고, 보이는 족족 야한 장면이 연상되는 적나라한 배꼽 빛도 아닌, 비무장 평화지대(미간·경부 림프절·어깨 삼각근·손등의 정맥류)로 시선을 옮겼다.

"얘 또 눈 풀렸어."

친구들은 그런 크리스마스를 두고 딴생각에 빠져 있다고 했다. 다른 사람한테 관심이 없다고도 했고 마음의 문을 열지 않는다고도 했다. 크리스마스는 누구보다 바쁘게 마음의 문과 문을 드나들었다. 하지만 내가 보는 세상을 너희에게 말해 줄 수 있을까? 너희의 속마음을 내가 봐도 괜찮은 거야?

크리스마스는 아이들이 몰려 있는 곳에는 가까이 가지 않았다. 그런 곳에는 꼭 인기 많은 아이가 한두 명 끼어 있기 마련이었고, 그 아이에게 쏴대는 다른 애들의 배꼽 빛이 창살처럼 겹겹이 그 애를 둘러쌌다. 크리스마스는 곡예를 하듯 그 레이저 빔을 피해 걸었다. 배꼽이라는 신체 기관이 그렇듯 배꼽에서 나오는 빛줄기에도 찌든 때나 악취가 달라붙어 있을 때가 많았다. 그런 빛을 볼 때면 크리스마스는 씹던 껌을 배꼽에 착 착 붙여 빛줄기를 틀어막는 상상을 했다. 예를 들면 성인이 미성년에게 배꼽 빛을 쏠 때. 칠판 앞에 선 교사의 배꼽이 흘러넘치기 직전의 냄비처럼 빛으로 부글거릴 때면 크리스마스는 공중 3회전으로 교실 앞까지 간 다음 꼴사나운 배꼽에 잇자국이 가득한 합성수지 덩어리를 쑤셔 넣는 자기의 모습을 상상했다.

크리스마스가 호기심 어린 시선으로 지켜보는 빛도 있었다. 배꼽이 뿜어내는 빛에도 장르가 있다면, '미치광이 노른자'는 코미디가 약간 섞인 청춘 로맨스였다. 미치광이 노른자는 평소엔 참기름 두 방울을 섞은 날달걀처럼 누리끼리하다가 앞자리 여자애가 자기를 돌아보면 샛노랗게 발광했다. 그 여자애가 미치광이 노른자의 무릎에 머리를 대고 눕거나 팔짱을 낄 때, 노른자는 당장이라도 병아리가 되어 알을 깨고 나올 것처럼 빛 표면이 콕콕 솟아올랐다. 그럴 때면 크리스마스는 은근슬쩍 그 애의 배꼽 가까이 손을 뻗어 빛줄기를 만져봤다. 울럭울럭. 빛에서 진동이 느껴졌다. 목덜미에 손을 대고 다른 사람의 맥박을 확인하는 것처럼 크리스마스는 이따금 그 노른자의 빛살에 손을 뻗어 한 사람의 마음에서 나오는 설렘의 고동을 느꼈다.

그 무렵 미치광이 노른자는 저 혼자 미쳐서 툭하면 원반 모양으로 날아가기 일쑤였고, 여름방학이 올 때쯤엔 발화점까지 달아올라 빛이 뻗어가는 주변을 온돌처럼 뜨끈하게 데웠다. 하지만 방학이 끝나고 새 학기가 시작되자 미치광이 노른자는 센 불에 바싹 익힌 달걀부침처럼 둘레가 갈색으로 변하고 말았다. 그즈음 노른자가 좋아하는 앞자리 여자애는 남자친구와 백일 기념 커플링을 맞췄고, 미치광이 노른자는 점심시간에도 책상에 엎드려 잠만 잤다. 크리스마스는 그 노른자에게 말해 주고 싶었다.

옆을 좀 봐. 네 짝꿍이 너한테 목탄색으로 빛을 쏘잖아.

크리스마스는 복잡한 여자애들의 감정 관계도를 자기의 비밀 노트에 기록하며 생각했다.

무적 파워 배꼽. 언젠가 거기에서 나오는 빛을 볼 수 있지 않을까?

보통 배꼽은 보통의 기준으로 길들인 빛을 방출했다. 아무도 보지 않는 속마음이라고 해도 그 내밀한 욕구조차 여자들은 끊임없이 눈치를 보며 빛의 세기와 방향을 조절했다. 다수의 의견을 좇아 무리 짓고, 어느 땐 겨울의 입김처럼 흩어지다가, 결국 주위의 압박과 시선에 견디지 못하고 배꼽 속으로 숨어 버리곤 했다(그 빛을 보고 있는 크리스마스의 시야에 지워지지 않는 김칫국물 같은 얼룩을 남긴 채).

하지만 어딘가에 있을지 모를 무적 파워 배꼽, 그 배꼽은 태양을 닮아서 누구라도 알아차릴 수 있을 만큼 활활 타오를 것이다. 어마어마한 태양풍과 함께 각자의 궤도로 자전하는 별들에 둘러싸여 있을 테고, 달빛처럼 다른 배꼽에게 반사돼 또 다른 빛을 만들겠지. 식물이 빛 에너지로 광합성을 하듯 무적 파워 배꼽의 빛은 다른 이의 마음과 결합해 끝없이 이어지는 관계의 탯줄이 될 것이다. 그래, 탯줄, 그 이음줄. 그러니까 배꼽이겠지. 눈에 보이지 않는 마음은 배꼽을 통해 내면의 신진대사를 방출하는 것이다.

크리스마스는 그렇게 결론지었다. 한 사람의 감정이나 생각이 빛이라는 부산물로 나오는 거라고. 현미경이나 망원경으로 볼 수 없는 마음의 형태와 상태가 바로 저 빛이라고. 어쩌면 사람들이 사랑이라 부르는 감정일까? 아니, 그보단 본능에 가까운 욕망이겠지. 개들이 나무 밑동에 대고 오줌을 싸는 것처럼. 크리스마스는 시도 때도 없이 뻑뻑해지는 자신의 안구에 인공 눈물을 짜 넣으며 어떤 사람의 빛은 오줌보다 더 독한 지린내가 난다고 생각했다.

크리스마스는 초능력이나 투시력에 관한 책을 찾아 읽고 심해 아귀나 반딧불이를 찍은 다큐멘터리를 보면서 살아 있는 몸이 빛을 내는 화학적 원리를 공부했다. 캄캄한 바다 밑바닥에서 먹이를 유인하기 위해 형광 촉수를 깜박이는 초롱아귀. '나 먹지 마, 나 맛없어.'라는 유체의 경계색이 성체의 구애 수단으로 진화한 반딧불이. 그렇다면 인간은? 인간은 아귀나 딱정벌레도 아니면서 왜 배꼽에서 빛이 나올까? 무엇을 위해, 어떤 걸 얻고 싶어서? 설마 그 빛을 보는 건 영영 나 한 사람뿐일까?

크리스마스는 눈에 보이는 것을 설명하기 위해 눈에 보이지 않는 배꼽 속 발광포 모양을 노트에 끼적였다. 과학적 사실로 증명하거나 동의를 구할 수 없는 혼자만의 낙서였지만, 크리스마스는 물에 적신 면봉으로 한 사람 한 사람의 배꼽 속을 닦아내듯 자기가 보는 빛의 이물질을 벗겨내 그 발광의 원리를 밝혀내고 싶었다.

밤이 되면 스톱워치와 수첩을 들고 나가 해 저문 도시의 빛을 탐구했다. 특이한 빛다발이 깜박일 때면 크리스마스는 그 점멸 패턴을 '—'과 '--' 두 가지로 기록했다. 디지털 신호의 0과 1, 주역의 음과 양처럼 빛의 리듬을 기록하는 단순하면서도 핵심적인 기호였다. 어떤 빛은 마주 선 고양이 두 마리처럼 빛 꼬리를 수직으로 세운 채 상대의 깜박임을 따라 했다. 드물지만 그렇게 두 개의 빛이 제3의 배꼽 리듬으로 탈

바꿈할 때면, 크리스마스는 자기가 정한 또 다른 기호를 노트에 적었다.

⊗

미지의 배꼽 ○과

미지의 배꼽 ○이 만나

더 알 수 없는 초미지의 엑스가 된 상태.

어떤 날엔 좁은 길을 걸어가는 작달막한 할머니 두 사람에게서 ⊗를 발견했다. 고래의 꼬리처럼 수평으로 연결된 빛줄기가 두 할머니의 꽁무니에서 등을 밀어주듯 천천히 움직였다.

"집팽이, 집팽이 집고 가."

할머니가 다른 할머니에게 말하고

"이런, 시팔로므 자슥이!"

과속하며 신호위반을 하는 자동차에 대고 두 할머니가 소리칠 때면 두 사람의 빛 꼬리가 근사하게 꿀렁였다. 크리스마스는 그 노인들의 뒤를 얼쩡거리며 허리를 구부린 채 할머니들의 빛에 이마를 갖다 댔다. 바닷바람에 다섯 번 얼었다 녹은 황태처럼 질기고 촘촘한 빛의 육질이 느껴졌다.

어쩌면 나는 좀 특이한 그림자를 보는 걸지도 모르지.

시간이 흐르며 크리스마스는 사람들의 배꼽 빛을 전보다 편안하게 받아들였다. 콧등에 올려진 안경이나 머리카락을 동여맨 고무끈처럼 배꼽에서 튀어나온 빛도 어엿한 한 사람의 일부였다. 하지만 안타깝게도 대부분의 빛은 프랜차이즈 카페의 인테리어처럼 엇비슷하게 닮아 있었다. 크리스마스는 그 상투적인 빛이 반복하는 틀에 박힌 드라마를 별수 없이 지켜봐야 하는 지루한 관객이 되어갔다. 심드렁한 역할놀이에 지칠 때면 크리스마스는 배꼽 빛이 전부 사라져 버린 세상을 상상해 봤으나 그건 마치 전봇대가 몽땅 사라져 버린 거리처럼 낯설고 어리둥절할 것 같았다.

외롭고 쓸쓸할지언정 손가락질 당하지 않기 위해 크리스마스는 자신이 보는 것을 비밀에 부쳤다. 어딘가 수상쩍고, 무언가 숨기는 게 많은 태도 때문에 사람들은 점점 더 크리스마스에게서 멀어졌다. 크리스마스는 혼자서 배꼽에 관한 정보들을 모아 갔다. 가령 미국 노스캐롤라이나 대학에서 배꼽 때 표본을 모아 연구한 자료에 따르면, 인간의 배꼽에는 2천여 종의 박테리아가 살고 있고, 그중 절반 정도가 이제껏 발견되지 않은 새로운 종류라고 한다. 또 사전적으로 배꼽이란 단어는 열매의 꽃받침이 있던 자리를 말하기도 하고, 소의 가슴살에 붙은 고기를 뜻하기도 한다. 배꼽이 들어간 관용구들도 많았다.

배꼽 빠진 곳: 태어난 고향.

배꼽을 맞추다: 섹스하다.

배꼽이 하품하겠네: 어이없고 가소롭군.

배꼽에 노송나무 나거든: 죽어서 묻힌 무덤에 소나무가 자라 노송이 될 때까지라는 뜻으로 앞일을 기약할 수 없다는 의미.

해부한 시신에는 배꼽이 없는데, 그 이유는 의사들이 복막을 가르고 난 뒤 굳이 살가죽을 꼬아 다시 배꼽을 만들어 주지 않기 때문이다. 배꼽이 쓸모 있던 태아 시절에는 여아들이 탯줄을 다리 사이에 끼우고 자위를 하기도 한다. 많은 의사가 초음파 검사 중 몸을 웅크려 자기 고추를 빨거나 탯줄을 가랑이 사이에 비벼대며 환하게 웃음 짓는 태아들을 수없이 목격하는데…….

아하, 그렇다면 나의 시신경 세포 어딘가에도 초음파처럼 어둠을 꿰뚫어 보는 시력이?

때론 권태롭고, 때론 환멸 때문에 다리가 휘청이는 아연함 속에서 크리스마스는 단독자의 나날을 버텨갔다. 1천 1백 개의 배꼽 빛에 둘러싸여 있음에도 단 하나의 빛도 크리스마스에게 향하지 않을 때, 손을 잡고 가는 자기 딸에게 배꼽 빛을 쏘는 남자를 볼 때, 불꽃 축제에 모여든 사람들의 빛이 냉동실에 넣어둔 블루베리처럼 한데 뭉쳐 엉겨 붙어 있는 걸 볼 때 크리스마스는 어릴 적 봤던 미끄럼틀 앞의 빛줄기 리듬을 읊조리며 다른 사람의 감정과 거리를 뒀다.

칭가칭가칭!

만성 변비 때문에 똥이 안 나올 때나 귓불이 막혀 귀걸이가 안 들어갈 때, 아침이 오지 않길 바라며 젖은 뺨으로 잠들 때도 크리스마스는 조용히 그 리듬을 흥얼거리며 어렵사리 자신을 일으켜 세웠다. 크리스마스의 그림 솜씨는 12색 크레파스를 쓰던 어린 시절로부터 그다지 발전하지 않았지만, 빛의 형질을 살피며 마음의 성질머리를 파악하는 기술은 점차 늘어갔다. 십 대 마지막 여름에는 시립 도서관의 검색 사이트에서 '배꼽'이란 단어로 찾은 『초월자의 텅 빈 단전』이란 책을 읽었다. 크리스마스는 텅 빈 마음으로 타인의 배꼽을 대하는 자세를 익혔다.

저 한 생각, 저 한 마음, 어쩌라고……어쩔 건데…….

내가 보지 않으면 존재하지 않는 마음, 마음 밖으로 흘러넘치는 초마음, 초마음을 느끼는 초감각, 초월해 까불어대는 인간 심리의 변덕.

크리스마스는 겸허히 자기 호흡에 집중하며 참선했다. 그

참선의 끝은 매번 숙면이었고, 꿈속에서 크리스마스는 노른자를 품은 커다란 알이 되어 사람들의 배꼽 위를 뒹굴었다.

스무 번째 생일날이었던가. 크리스마스는 광장이 내려다보이는 어느 카페에 앉아 수십 마리의 비둘기 떼가 솟구쳐 오르는 모습을 바라봤다. 새들이 날아가는 그 움직임에 자신이 알고 싶은 '마음의 유체 역학'이라도 담긴 듯 집중했다. 건조한 겨울 하늘은 꽃게의 등껍질 색으로 물들어갔고, 크리스마스가 팔꿈치를 대고 있는 흠집 많은 삼나무 탁자에선 오래 묵힌 견과류 냄새가 풍겨왔다. 창 너머 고층 건물의 벽날개에 앉아 있던 새들이 한두 마리씩 날개를 퍼덕이더니 드넓은 허공에 느슨한 모서리를 그리며 날았다. 유려한 곡선을 만들며 떼 지어 날던 새들은 신호를 주고받듯 일시에 콘크리트 기둥 너머로 방향을 틀며 크리스마스의 눈앞에서 사라졌다. 그 순간 크리스마스는 자신이 보는 빛이 극히 일부라는 것을 깨달았다.

굴절.

새들의 비행처럼 배꼽의 빛도 방향을 꺾어 궤적을 바꾼다면 크리스마스의 눈에 보이지 않을 수 있었다. 내 눈에만 보이는 특정 파장이 있다면, 내가 볼 수 없는 다른 파장도 있을 것이다.

왜 여자들의 빛은 사라질까. 어째서 몇몇 남자들은 빛을 내지 않는 거지?

언제나 머릿속을 맴돌던 질문을 지도처럼 말아쥐고서 크리스마스는 몇 개의 가설을 만들었다. 그런 다음 자신의 짐작이 맞는지 확인하기 위해 날마다 밤거리로 나갔다. 그 시절 크리스마스는 게이바와 게이 클럽이 밀집한 거리에 번질나게 출현하는 여자 행인이었다. 크리스마스는 새벽녘 동이 틀 때까지 골목골목을 누비며 불 나간 가로등처럼 그들 사이에 머물렀다.

분명 남자가 남자에게 쏘는 빛도 있을 것이다. 내 눈엔 보이지 않지만, 초성별한 초여자가 초남자에게 쏘는 빛도 있겠지. 그 빛은 배꼽이 아닌 다른 부위에서 나올지도 몰랐고, 어쩌면 가시광선에 포함되지 않는 다른 주파수일지도 몰랐다. 엑스선이나 감마선, 혹은 동그란 단추를 돌려 안테나를 맞추는 라디오의 전자 신호 같은 배꼽 물질.

어쨌거나 크리스마스에게는 그 파장이 보이지 않았다. 크리스마스의 가시권은 발광체가 여성에게 보내는 빛에 한정돼 있었다. 그리고 그 빛은 아마도 탯줄에서 시작하는 것 같았다. 모든 배꼽은 한때 여자와 연결돼 있었으니까. 그 에너지의 관성으로 크리스마스가 보는 배꼽 빛은 여자와 연결되길 욕망했다. 놀이터나 어린이집 앞에 가면 북 위에 올려 둔 쌀알처럼 파르르 떨며 반짝이는 아이들의 빛이 가득하니까. 그 빛은 크리스마스 자신이 그러했듯 그들의 엄마를 향해 빛났고, 관찰 결과 남자들은 성인이 되어서까지 수신자를 바꿀 뿐 빛을 유지하지만, 여자들은 어느 순간 빛이 꺼졌다. 아니, 굴절되어 숨었다. 적어도 크리스마스의 눈에는 보이지 않았다.

*

떠나갔다면, 떠나간 그 길을 따라 다시 돌아올 수 있지 않을까.

음 타타 음 타타, 세 박자 리듬을 되뇌며 크리스마스는 채플관으로 향했다. 기숙사와 연구동 건물 사이에서 맞바람이 불어왔다. 휘라아 휘라아 풍속이 빨라지는 그 굽잇길을 학생들은 '바람의 계곡'이라 불렀다. 크리스마스는 '사망의 음침한 골짜기'라 불렀다. 그 골짜기를 지나 크리스마스는 사람이 없는 언덕배기로 올라가고 싶었다. 잡풀이 우거지고 도랑물 소리가 들리는 언덕배기 빈터에 틀어박혀 지긋지긋한 빛 공해에서 벗어나고 싶었다. 하지만 곧 채플이 시작할 시간이라 크리스마스는 멀리 갈 수 없었다. 맞은편 샛길을 따라 어김없이 배꼽들이 다가왔고, 크리스마스는 그들의 복부에서 터져 나오는 빛을 감지했다. 여자 둘, 남자 하나. 그들의 정열이 각각 누구에게로 향하고 있는지 훤히 보였다.

앞서가는 긴 머리 여자는 무광 배꼽, 그 옆에 아담한 여자의 빛은 거품기로 세게 휘저은 크림 색, 뒤에 따라가는 남자의 빛은 싱싱한 시금치 색이었다. 남자의 빛이 그물을 치듯 긴 머리 여자에게 뻗어갔다. 고백, 연애, 결혼! 크리스마스는 둘레를 넓혀가는 그 풀색 빛에서 시선을 돌렸다.

학생이 말이야. 공부는 안 하고.

고개를 한껏 뒤로 젖힌 크리스마스는 나뭇가지에 매달린 큼지막한 꽃봉오리를 올려다봤다. 봄의 온기가 식물의 내부를 열어젖히며 길가의 표정을 바꾸고 있었다. 하얗고 넙데데한 목련 꽃잎이 별안간 땅으로 툭 툭 떨어졌고, 크리스마스는 그 하나하나의 농도 짙은 성욕에 놀라 딸꾹질 같은 한숨이 새어 나왔다.

저 나무 어디에 이런 색이 숨겨져 있었을까. 저 밋밋한 갈색 기둥 어디에 이런 냄새가.

크리스마스는 채플관 앞 주물 벤치에 앉아 나무의 생식기 냄새를 맡았다. 대학이란 곳은 강한 인력이 작용하는지, 배꼽 안에 얌전히 가라앉아 있던 명도 낮은 빛들도 학교에 들어서면 교미기에 접어든 정글의 암수처럼 짝짓기를 향한 열망에 날뛰었다. 크리스마스는 채플관으로 몰려가는 배꼽 빛들을 피해 도금이 벗겨져 녹물을 흘리는 지붕 위 십자가를 응시했다. 하지만 눈에 어룽지는 빛의 잔영을 피할 수 없었다.

설탕 묻힌 도넛처럼 가운데가 뻥 뚫린 노르스름한 빛, 몸속의 콩팥처럼 대칭으로 깜박이는 적갈색 빛. 용접 불꽃처럼 사방으로 튀며 이글거리는 빛, 보기만 해도 강한 사프란 향이 느껴지는 짙은 보랏빛. 밀치고 흐르고 뒤엉켜 꼬이는 무수한 배꼽 빛들이 크리스마스의 망막에 대고 고함쳤다. 크리스마스는 안경을 이마에 올리고 참선에 들어갔다.

일체무상, 일체무상, 게이들이 지나간다, 나는 게이바에 있다, 저 한 생각이 무엇인고, 저 한 마음이 무엇인고, 어쩌라고…… 어쩔 건데…….

그때 눈 감은 크리스마스 얼굴로 서늘한 그림자가 드리웠다.

뭐지? 바람인가? 크리스마스는 게슴츠레 눈을 떴다.

"저기……."

목소리가 들리는 쪽으로 크리스마스가 고개를 돌렸다. 잠시 공기의 질감이 미묘하게 변하는 것 같았다. 어렴풋한 진동이 크리스마스의 감각을 주욱 잡아당겼다가 시치미를 떼며 잦아들었다.

"지금 안 들어가면 지각이에요."

A1이었다. 채플 때 옆자리에 앉는 A1이 저수지에 발을 담근 두루미처럼 길고 날렵한 다리로 기우뚱하게 서서 크리스마스에게 말을 건넸다. 두루민가? 정말? 크리스마스는 눈을 끔벅이며 A1의 정수리에 뚜껑처럼 씌워진 새빨간 빛을 바라봤다. 얼마나 빨간지 머리 위에 걸쭉한 케첩을 한가득 뿌려 놓은 듯했다.

"0.5."

토마토케첩이 말했다.

"네?"

"채플에 지각하면 출석을 반만 인정해서 0.5예요."

토마토케첩이 뒷짐을 진 채 천천히 멀어지며 말했다. 그 걸음새가 날개깃을 뒤로 모은 채 논두렁을 걷는 두루미 같았다. 자기는 해야 할 말을 해 줬으니 이제 선택은 본인이 하라는 듯 두루미 케첩은 채플관 쪽으로 몸을 돌렸다. 그 순간 그녀의 배를 관통한 새빨간 빛이 꼬리뼈 쪽으로 툭 튀어나왔다. 궁둥이에서 치솟은 빛줄기가 두 갈래로 갈라져 하나는 두루미의 머리 위로 둥근 갓을 드리웠고, 또 다른 하나는 크리스마스의 뺨을 빠르게 스쳐 갔다. 크리스마스는 따귀를 맞은 것처럼 자신의 한쪽 볼을 손으로 감싼 채 주변을 둘러봤다. 벤치 근처에 있는 사람은 크리스마스뿐이었다.

음 티리티리 타.

두루미의 붉은 빛이 크리스마스를 향해 깜박였다.

좌석 상판을 한 손으로 끌어내리며 크리스마스는 자신의 채플 자리에 앉았다. 또 다른 옆자리인 A3와 이어진 오른쪽 바닥에 가방을 내려놓고서 크리스마스는 무릎을 모은 다소곳한 자세로 정면을 바라봤다. A1과 연결된 팔걸이에는 팔을 올리지 않았다.

"오늘도 우리를 모이게 하신 주님의 은혜에 감사합니다."

정장을 갖춰 입은 남자가 무대로 나와 말했다. 그 기도 소리에 브레이크를 걸듯 객석에서 잔기침 소리가 퍼졌다. 좌석 쿠션은 무척이나 푹신했고 실내는 보드라운 목욕가운을 걸친 것처럼 적당히 따듯했다. 채플 시간이면 으레 그랬듯 학생들은 깊고 고른 숨을 내쉬며 각자의 자리에서 완연한 잠에 빠져들었다. 크리스마스는 무대를 향해 고개를 고정한 채 시야의 범위를 최대한 넓혀 왼쪽 옆자리에 앉은 두루미를 살폈다.

연푸른 청바지와 깨끗한 바지 밑단, 리본으로 묶은 운동화 끈과 앞코에 그어진 주름들. 두루미의 몸에서 뻗어 나온 새빨간 빛이 이번에도 두 갈래로 갈라져 하나는 두루마리 화장지처럼 허공에 줄줄 풀렸고, 또 하나는 크리스마스의 광대뼈를 빠르게 스치고 갔다. 밀도 높은 그 빛의 촉감에 크리스마스는 콧등이 시큰해졌다. 눈을 감아도 눈꺼풀 안으로 케첩 빛이 스며들었다. 아니, 나는 아닐 거라고, 그저 빛이 너무 강렬해서 나한테까지 영향을 미치는 거라고, 크리스마스는 호들갑을 떨며 훌라 춤을 추려는 자신의 마음을 엄하게 단속했다. 바로 지금 크리스마스에겐 두루미와 자신을 바라보고 관찰해 줄 또 다른 이의 시선이 절실했다. 크리스마스는 그 관찰자를 찾듯 숨을 삼키며 높은 천장을 올려다봤다.

음 타타

　　음 타타

그때 익숙한 왈츠의 리듬이 무대에 나타났다. 성직자가 내려가고 뒤이어 무대로 올라온 만돌린 연주단 무리에 연어알이 서 있었다. 연어알은 검은 셔츠에 검은 바지를 입고 있었지만, 빠끔빠끔 배꼽에서 나오는 주홍빛을 감출 수 없었다.

여기 있구나. 갈색 레고 머리 여자.

크리스마스는 객석 중앙으로 꼿꼿하게 뻗어가는 연어알

의 배꼽 빛을 보며 생각했다. 부활해서 돌아온 연어알은 초슬픔하고 초이유한 빛살로 열렬하게 부풀었다. 비바람과 안개를 헤치고 나아가는 암초 위의 등대처럼 연어알의 빛줄기는 관객들 머리 위로 주홍빛을 드리웠다. 그 채도가 점점 높아져 마치 천장에 매달린 양철통에서 오렌지색 페인트가 울럭울럭 쏟아지는 듯했다. 연어알과 그녀의 만돌린 친구들은 악기의 쇠줄을 뜯으며 영화 「타이타닉」과 「미션」의 배경음악을 연주했다. 복음성가인 「나 같은 죄인 살리신」을 연주할 땐 여러 대의 만돌린이 흡사 회개하며 철철 우는 것만 같았다. 음악은 단 한 사람의 마음을 싣고 빛이 되어 흘러갔다. 연어알의 회심과 구애가 현악기의 트릴 음에 실려 한 여자에게로 향하고 있었다. 무대 앞 첫 번째 줄에 앉은 크리스마스는 누가 횃불을 들고 옆에 서 있는 듯 한쪽 귀가 뜨거웠다. 자기도 모르게 뺨이 움찔거리고 어깨가 움츠러들었다. 감히 고개를 돌려 그 타오르는 빛을 볼 수 없었다.

이 파동의 연동 방정식은 무엇일까. 이 리듬은 연어알인가, 두루미인가.

음 티리티리 타타 음.

하나가 부르면 또 하나가 응답하며 두 사람의 배꼽 물질이 서로를 풀무질해댔다. 두루미의 케첩 빛은 물 만난 뱀장

어처럼 바닥을 S자로 기었고, 연어알은 달군 팬 위에 기름처럼 팡팡 튀어 올랐다. 그 빛의 하모니가 크리스마스의 귀에 대고 휘라아 휘라아 입바람을 불었다. 에라, 도망치자 싶어 눈을 감으면 크리스마스는 타는 듯 가슴이 저렸고, 마지못해 눈을 뜨면 두루미의 붉은빛이 송곳처럼 크리스마스의 두 눈을 찔렀다. 찔리지만 아프지 않았고 오히려 이상한 황홀감이 가득 차 찢긴 동공에서 수천 개의 비전이 알처럼 쏟아졌다.

깜박깜박 휘라아(나 보여?) 깜박깜박 휘라아(정말 나 안 보여?)

크리스마스는 고개를 숙인 채 입술을 깨물었다.

보여, 나한테 보여. 그런데 내가 보는 게 뭐지? 내가 봐도 되는 거야? 내가 보면 너도 숨을 거야? 내가 모른 척하지 않으면 사라지지 않을 거야?

"아아멘!"

만돌린 연주가 끝나자 객석에 앉은 누군가 굵고 풍부한 성량으로 소리쳤다. 연어알은 관객들의 박수를 받으며 무대를 내려갔고, 곧이어 성직자가 앞으로 나와 두 팔을 올려 축도했다. 기도가 끝나자마자 두루미는 의자 밑에 밀어둔 자기의 가방을 들고 일어섰다. 서둘러 밖으로 나가려는 학생들 때문에 출입구 앞으로 순식간에 몇 겹의 줄이 생겼다. 인파 속으로 섞여 들어갈 때 두루미는 크리스마스를 돌아보며 희미하게 웃어 보였다. 두루미의 입술이 벌어지며 얼핏 작고 비뚜름한 뻐드렁니가 보였다. 그 나부끼는 미소 하나에 크리스마스는 그간 자신이 세운 마음의 철옹성이 와르르 무너지는 듯했다.

내가…… 이렇게 쉬운 여자였나?

채플관을 나갈 때까지 두루미의 후진하는 케첩 빛이 크리스마스의 눈썹뼈를 관통했다.

*

그날 이후 크리스마스는 두루미와 자신이 채플 시간에 나란히 앉게 된 이유를 생각해 봤다.

생일이 비슷할까? 아니면 이름의 첫 번째 자음? 아니면 그저 무작위 추첨?

차고 희부연 안개가 낀 어느 아침, 밤새 한숨도 자지 못한 크리스마스는 일부러 먼길을 돌아가는 버스를 타고 학교로 향했다. 어스름하게 해가 떠오르는 창밖의 풍경을 보고서야 크리스마스는 자신이 첫차를 타고 있음을 깨달았다. 학교 앞 카페가 문을 열 때까지 크리스마스는 교정을 배회했고, 빈

깡통과 유리병을 자루에 모으는 노인을 세 번이나 마주치고 난 다음에야 카페로 들어갈 수 있었다. 학교 정문이 내려다 보이는 카페의 2층 자리는 집을 나서기 전부터 생각해 둔 자리였다. 크리스마스는 실내를 등진 창가 쪽 바에 앉아 전공 서적과 노트를 펼쳐놓고서 좋아하는 음악들을 골라 재생했다. 귓속에 흐르는 멜로디의 볼륨을 알맞게 조절한 뒤 뜨겁고 진한 커피를 조금씩 마셨다. 때때로 책장을 넘기고 펜을 손에 쥐기도 했지만, 크리스마스의 시선은 창유리 너머의 교문을 향해 있었다.

지금 내가 뭐 하는 거지?

크리스마스는 빠르게 눈동자를 움직였다. 높고 둥근 르네상스식 문설주 뒤로 검은 철문이 활짝 젖혀져 있었고, 세 갈래 길에서 모여든 학생들이 정문을 통과해 네 갈래 길로 흩어졌다. 그들의 뒤통수와 걸음걸이, 머리 스타일, 방향을 바꿀 때마다 언뜻 보이는 얼굴을 크리스마스는 쉴 새 없이 포착했다. 선곡한 음악 목록이 다섯 번 돌아갈 때까지, 1교시를 들어야 하는 학생이라면 모두 교문을 통과할 때까지. 크리스마스는 온전히 한 사람의 생각에 몰두해 깊이 집중하고픈 자신의 욕구를 채워 주었다.

그날 크리스마스가 들어야 하는 강의는 없었다. 그런데도 크리스마스는 카페를 나와 후문의 버즘나무 길을 따라 느리게 걸었고, 역시나 먼 길을 돌아 기숙사와 연구동 건물이 있는 언덕길을 지났다. 박공 지붕의 채플관을 보자 크리스마스는 고작 하루가 지났을 뿐이라는 사실에 막막해졌다. 동시에 자신이 다니는 학교가 미션 스쿨이라는 것에 문득 감동이 밀려왔다. 다 같이 기도하자며 눈을 감으라고 할 때, 그때가 아니라면 어떻게 두루미의 속눈썹을 볼 수 있었을까. 그들을 나란히 앉게 한 수수께끼 같은 행정 시스템. 결코 모든 것은 우연이 아니며 오늘 이 자리에 우리를 모이게 하신 하나님의 의도가 반드시 있다고 주장하는 성직자의 믿음. 그 맹목적인 신앙에 순응하며 크리스마스는 크나큰 신의 섭리를 울럭울럭 들이마셨다. 부디 고리타분하고 부당하다고 여겨지는 그 필수 과목 채플이 영원히 이어지길.

알 수 없는 경외심이 차올라 크리스마스는 그 종교 집단이 평소 내세우는 불합리한 편견마저 수월하게 차단했다. 크리스마스의 내면에서 레즈비언이라는 단어는 신의 은총과 더불어 아무런 충돌 없이 공존했다. 크리스마스는 그 단어를 도서관 컴퓨터 검색창에 입력했다. 반듯한 책장으로 둘러싸인 서가 어딘가에 두루미의 흔적이 있을지 모른다고 상상하며 크리스마스는 책등을 쓰다듬었다. 그중 한 권을 뽑아 선

서하듯 책 위에 손을 올렸다. 그런데 나는 뭘 맹세하지? 크리스마스는 그날 자신을 관통했던 빛줄기를 떠올리며 뒤를 돌아봤다. 손이 닿지 않는 등허리 어딘가에 머리카락 한 올이 들어간 기분이었다.

기이한 열기에 휩싸여 크리스마스는 학교 안을 헤맸다. 다음 날에도, 그다음 날에도.

점심때가 되면 학생 식당과 학교 주변 음식점을 돌아다니며 오직 한 사람의 얼굴을 찾았다. 하지만 두루미는 도시락을 싸 와 어디 언덕배기에서 혼자 먹는지 아무리 샅샅이 뒤져도 밥과 빵 냄새가 풍기는 곳에선 마주칠 수 없었다. 우리 학교가 이렇게 컸었나? 학생이 이렇게나 많았어?

이상한 기대와 들뜸이 조금씩 형태를 만들어 크리스마스의 내부에 씨앗처럼 박혔고, 크리스마스는 이제 자포자기하듯 허청거리는 걸음에 자신을 내맡겼다. 어느 날엔 눈앞에 보이는 길을 따라 무작정 쏘다니다 낯선 복도에 우두커니 서서 혼란스러운 얼굴로 주위를 두리번거렸다. 또 어느 날엔 학교에서 제일 높은 신공학관 건물로 들어가 옥상에 서서 교정을 내려다봤다. 하지만 지상과 옥상의 거리가 너무 멀어 행인들의 머리통만 보일 뿐 누가 누구인지 분간할 수 없었다. 크리스마스는 자신의 아둔함을 한심해 하며 다시 엘리베이터에 탔고, 엘리베이터 문이 열리고 닫힐 때마다 우연히 마주칠지도 모르는 한 사람의 얼굴을 떠올리며 표정을 가다듬었다. 복사실을 지날 때면 기계가 토해 내는 잉크 냄새를 깊이 들이마시며 그 냄새를 싫어했던 과거의 자신과 매번 그 냄새와 함께 떠오르는 종이에 베이는 감각을 떠올렸다.

어째서 마음은 숨기기로 작정하면 조금도 밖으로 새어 나오지 않을까.

끊임없이 한 사람을 찾아 헤매던 시선은 이제 보이지 않는 그 존재를 스스로 허공에 그려 넣었다. 크리스마스의 왼쪽에, 나란히 앉아 있는 한 사람의 몸과 눈빛을. 어디를 가든 크리스마스는 그 눈빛이 자신을 보고 있다고 느꼈고, 그 허깨비가 크리스마스의 정신과 삶의 중심을 차지했다. 수요일이 모든 날의 중심이 된 것처럼.

길의 소실점이 붉게 물들고 길턱에 선 가로등이 하나둘 켜질 때까지 크리스마스는 두루미라는 정령, 아니, 헛것과 함께 봄의 캠퍼스를 돌아다녔다. 집에 갈 시간을 미루고 미루며 게시판의 공고문을 연거푸 읽고 있을 때 누군가 크리스마스의 옆을 지나쳐갔다. 크리스마스는 익숙한 그 얼굴 윤곽에 고개를 돌렸다.

노른자, 미치광이 노른자.

경계목으로 심어놓은 회양목을 따라 고등학교 때 같은 반이었던 노른자가 걸어가고 있었다. 크리스마스는 까치발을 들고 옆으로 걸으며 그 여자의 얼굴을 확인했다. 분명 노른자였다. 광증 같은 외사랑으로 속만 태우던 그 애가 이제는 자신과 체격이 엇비슷한 어떤 여자와 깍지 낀 손을 흔들며 걸어가고 있었다. 아니, 쟤가 언제 저렇게 대담해졌지? 고백도 못 해서 책상에 엎드려 잠만 자던 애가. 크리스마스는 커플 후드티를 맞춰 입은 그들의 모습을 얼떨떨한 표정으로 바라봤다. 한눈에도 두 사람에게선 연인의 분위기가 무지막지하게 풍겼지만, 노른자와 그 여자친구의 배꼽에선 아무런 빛도 나오지 않았다.

다시 수요일, 크리스마스는 채플관이 내려다보이는 언덕배기에 서서 집에서 챙겨온 고배율 쌍안경을 목에 걸고 두루미가 지나가길 기다렸다. 얼마 뒤에 두루미가 나타났고, 크리스마스는 속으로 꼭깍꼭깍 4분에 4박자 메트로놈을 작동시키며 광장을 가로지르는 케첩 빛의 패턴을 주시했다. — ---- —

크리스마스는 두루미에게 건넬 인사말을 떠올렸다.

안녕?

아니, 안녕하세요?

아니, 인사 생략. 눈웃음, 자연스러운 아는 척. 입꼬리 올리고 경청하며 공감하기.

으이구 이 답답아, 먼저 말문을 터야지. 지난번엔 고마웠어요. 젤리 먹을래요? 무슨 과예요? 근데 혹시 학교에서 점심 안 먹어요?

수십 개의 질문 목록과 상대의 답변 시 자신이 보여야 할 모범적 반응을 연습하며 크리스마스는 채플관으로 뛰어갔다.

"지각이에요."

유리문 건너편에서 한 남자가 말했다. 남자는 무표정한 얼굴로 아래쪽 문틀에 달린 잠금장치를 채운 다음 미련 없이 돌아섰다. 크리스마스는 유리문에 손자국을 내며 매달렸지만, 같이 서 있던 또 다른 지각생이 예배 시작 기도가 끝나면 다시 열어 줄 거라며 덤덤하게 말했다. 크리스마스는 손바닥에 흐르는 땀을 바지춤에 닦으며 헐떡이는 숨결을 진정했다. 어깨에 멘 가방끈을 움켜쥐고서 가방 주머니 곳곳에 넣어 둔 세 종류의 젤리와 캐러멜, 초코바, 미니 쿠키의 위치를 머릿속으로 가늠했다. 온갖 당과류가 두루미를 위해 준비돼 있었다.

"여기, 이 마이크에 목적이 없나요? 만든 사람이 없어요? 이 펜은 어떤가요? 이 넥타이는요?"

감색 양복을 입고 무대에 오른 성직자는 그날도 열을 올리며 설교했다. 크리스마스는 공연 시작 후 입장하는 관객처럼 허리를 숙인 채 제일 앞줄로 향했다. 바닥에 깔린 혼방 섬유가 크리스마스의 발소리를 흡수해 두루미는 크리스마스가 가까이 오는 걸 알아채지 못했다.

"우리 주님의 계획은 크고 위대합니다. 여러분 한 사람 한 사람, 다 여기 모인 이유가 있어요."

모래톱을 꺾어 도는 곡류의 흐름처럼 부드럽게 좌석 상판을 끌어 내려 그 위에 앉은 크리스마스는 곧장 고민에 휩싸였다. 살짝 눈을 마주칠걸 그랬나? 지금이라도 볼까? 가방을 어느 쪽에 놓지? 크리스마스는 상황에 걸맞은 자연스러운 태도를 또다시 알고리즘 회로처럼 머릿속으로 계산했다. 팔걸이에 팔을 올릴까? 다리를 꼬아 볼까? 지금 젤리를 주면 미친 애 같겠지?

말을 걸거나 간식을 건네기엔 무대가 바로 코앞이었다. 크리스마스는 단상에 선 남자의 무광 배꼽을 원망스럽게 쏘아봤다. 배꼽 빛이 없는 남자 성직자. 뭐, 드물지 않은 일이었다. 크리스마스의 관찰 노트에는 특정 직업군(그러니까 유니폼이나 의례복을 입는 사람)의 발광적 특성이 사례별로 여러 건 기록돼 있었으니까. 하지만 그렇다고 해도 대체 이 세계는 어떤 미지를 꼬아 만든 배꼽이기에 풀면 풀수록 더 꼴꼴해지는 걸까.

크리스마스는 옆자리의 두루미가 신경 쓰여 귓속까지 먹먹해지는 것 같았다. 신체의 교감신경이 맹렬하게 활성화되면서 온몸의 땀샘에서 분비물이 용솟음치고 있었다. 크리스마스는 다급하게 참선의 빈터로 향했다.

이 한 마음이 무엇인고, 이 한 생각이 무엇인고…….

그런데 미치광이 노른자는 왜 배꼽 빛이 없었을까? 어떻게 애인을 만났지? 혹시, 채플에서?

봄바람을 타고 실내로 들어온 수술의 꽃밥 세포가 공기 중에 둥둥 떠다니는지 그날따라 재채기와 기침 소리가 설교 중간중간에 캐스터네츠처럼 울렸다. 마이크 앞에 선 남자는 그 방해에도 굴하지 않고 길 잃은 양 떼가 선한 목자의 인도를 따르듯 우리도 마음 깊은 곳의 목소리에 귀 기울여야 한다고 말했다. 그때 어디선가 숙면에 빠진 사람의 코골이 소리가 들려왔다. 비강의 빈터에 콧물이 꽉 들어찬 누군가가 거친 숨소리를 내뱉었다. ㄲ흐으

셔셔셔셔. ㄲ흐으

셔셔셔셔.

힘겹게 올라서는 들숨과 덜덜 떨며 낮아지는 날숨이 채플

관의 높은 천장에 울려 퍼졌다.

누가 저 코골이 학생을 깨워야 하지 않을까.

크리스마스는 소리가 들려오는 곳을 향해 고개를 돌렸다. 그러자 계단식 좌석을 따라 빼곡하게 늘어선 유령 같은 얼굴들과 그들의 쏘아보는 시선이 일시에 크리스마스에게 밀어닥쳤고, 크리스마스는 당황해 급히 몸을 틀었다. 그 순간 옆에 앉은 두루미와 눈이 마주쳤다.

0.5초

0.05초

아니 5백만분의 1

아니 시간의 척도는 붕괴하고(채플관 밖의 새들은 날개를 크게 펼쳐 날아가고 코골이가 수면 중 무호흡 증상으로 숨의 꼭짓점에 머무른 찰나)

좌석 팔걸이 위에서 크리스마스와 두루미의 팔이 맞닿았다. 또 한 번 무언가 알 수 없는 일렁임이 크리스마스의 내면을 주욱 잡아당겼다.

셔셔셔셔.

겨우 날숨을 내뱉는 소리가 들리자 두 여자가 동시에 웃음을 터뜨렸다. 코앞에서 진중한 표정의 목사님이 우리 삶의 진정한 가치에 대해 말씀하고 계셨지만, 그들은 웃음을 참지 못했다. 비어져 나오는 웃음을 억누르느라 크리스마스는 허리가 꺾였고 무릎에 올려뒀던 묵직한 가방이 퉁 하는 소리를 내며 바닥에 떨어졌다. 끅끅 소리를 죽인 채 앞으로 팔을 뻗던 크리스마스가 다시금 들려오는 코골이에 더는 버틸 힘이 없다는 듯 그대로 카펫이 깔린 바닥에 한쪽 무릎을 꿇었다. 그러자 두루미가 크리스마스의 팔을 잡아 몸을 일으켜 세워 주었다. 두 사람은 양손으로 얼굴을 감싼 채 딸꾹질하듯 가슴을 움찔거렸다. 입술을 깨물며 다급히 슬프고 비참한 생각을 해봤지만, 참아야 한다는 그 억제가 발작 같은 웃음을 한층 더 부추겼다. 크리스마스는 배 근육이 땅겨 숨조차 쉬기 힘들었다.

"그러니까 우리 주님의 사랑으을!"

이따위로 몰상식하고 쉽게 배꼽 문을 열어젖히는 빛 싸개, 마음 싸개들 앞에서 내가 무슨 말을 하겠냐는 듯 성직자의 목소리가 떨렸다. 그런데도 크리스마스는 참을 수가 없었다. 웃음을…… 그 경련과 떨림을.

*

처음으로 한 사람의 배꼽 빛이 꺼졌을 때 그걸 지켜보던 어린 크리스마스는 두렵고 초조했다. 크리스마스는 글자를 쓸 줄 알면 좋겠다고 생각했고, 크레파스 대신 연필을 쥐고서 쌍받침과 겹받침을 연습하며 사라지는 빛을 붙잡아 둘 방법을 고민했다. 세 번째, 네 번째 빛이 연달아 꺼지고 빛나던 노른자의 빛이 나비의 대롱 입처럼 배꼽 안으로 말려 들어갔을 때, 크리스마스는 살면서 끊기고 동여맨 상처는 배꼽만이 아니라는 걸 알았다. 밤마다 남자들이 가득한 후미진 골목에 가로등처럼 서 있으면, 배꼽이 아닌 눈빛을 빛내는 사람들과 어울리길 좋아하는 그들의 교제를 그저 맨눈으로도 볼 수 있었다. 크리스마스는 맨홀 뚜껑처럼 그들의 몸을 짓누르는 세상의 시선을 느낄 수 있었다. 그랬기에 크리스마스는 자신이 보는 단 하나의 깜박임도 누락하고 싶지 않았다. 철 지난 플라스틱 트리처럼 환영받지 못한다 해도, 언제 실종될지 모를 여자들의 배꼽 전구를 온몸에 휘감고서 초계절한 성탄절의 기쁨을 실버벨처럼 울리고 싶었다. 어떻게 굴절되든 에너지 법칙에 따르면, 그러니까 보이지 않는 내면의 신진대사에 따르면, 배꼽 빛은 형태를 바꿀 뿐 완전히 사라지지 않는다고 믿었다. 그러나 현실의 빛은 계속해서 꺼져 갔고, 쌍떡잎식물처럼 자라나던 크리스마스 자신의 연둣빛마저 마른 배춧잎처럼 시들자 크리스마스는 어쩌면 다행일지 모른다고 생각했다. 이렇게 하나둘 사라지면 내 눈에만 보이는 마음은 없겠지.

크리스마스는 눈에 보이는 세계로 가고 싶었다.

돌, 나무, 풀, 도금하지 않는 철,

오직 자연광으로만 빛나는 언덕배기의 빈터.

크리스마스는 흙바닥에 앉아 먹구름으로 얼룩덜룩한 하늘을 바라봤다.

"있지, 그래도 난 다 기억해."

어느새 곁으로 다가온 두루미가 말했다. 두루미는 여전히 축축한 저수지의 가장자리를 걷는 물새처럼 뒷짐을 진 채 비스듬히 서서 크리스마스를 바라보았다.

"너의 왼쪽 얼굴은 훤히 다 알지."

두루미가 계속해서 나직하게 속삭였다.

"널 처음 봤을 때 무언가 골똘히 생각하고 있던 너의 표정과 너의 은테 안경, 네가 다가올 때 카펫에 생긴 너의 그림자, 그리고 두 번째 채플 때 내가 너에게 말을 걸었지. 그날은 비가 올 것처럼 하늘이 흐렸는데 채플이 끝나고 밖으로 나가니 햇빛이 쏟아졌어."

두루미는 크리스마스의 손을 잡고 사망의 음침한 골짜기를 지나 목련 나무가 서 있는 주물 벤치에 앉았고, 다시 정문으로 걸어가 회색 문설주를 올려다본 다음, 학교에서 제일 높은 신공학관 옥상과 백색 종이를 걸러내며 잉크 냄새를 퍼뜨리는 모퉁이의 복사실로 갔다. 그리고 여긴 아직 너와 내가 모르는 곳이라며 담쟁이덩굴로 뒤덮인 붉은 벽돌의 건물로 들어가 맹꽁이자물쇠가 달린 철문을 마치 마술처럼 스르륵 열었다. 건물 벽을 나선형으로 둘러싼 옥외 계단, 그 계단 층계참의 사각지대에 서서 두루미는 어서 자기에게 입 맞추라는 듯 크리스마스의 허리를 팔로 감싸며 눈을 감았다. 두 사람은 도서관 서가의 가장 달콤한 책장으로 가서 레즈비언이라는 단어가 찍힌 책들을 꺼내 손가락으로 그 문장을 따라갔다. 두루미는 이 모든 곳에 너의 기억이 있다고 말했고, 크리스마스는 그 말에 놀라 잠에서 깨어났다.

계속 웃어대면 오늘 출석의 0.5만 인정받을 거라고 채플 시간 조교에게 주의를 들었던 날이었다. 한밤중에 침대에서 깨어난 크리스마스는 자기의 기억과 소망이 뒤섞인 꿈의 여운을 붙잡듯 발치에 놓인 이불을 끌어당겼다. 예지몽일까? 부디 그랬으면. 크리스마스는 꿈과 현실의 차이 정도는 잘 알고 있었지만, 꿈이건 현실이건 더이상 자신이 느끼는 감정을 의심하고 싶지 않았다.

다음 날 오전 느지막이 일어난 크리스마스는 따듯한 물로 오래 샤워했다. 수건으로 몸을 닦을 때 크리스마스는 옆구리부터 배꼽 주변에 작은 돌기가 난 것을 발견했고, 빨갛고 좁쌀 같은 그 두드러기를 손끝으로 더듬다가 다시 침대로 가 누웠다. 그날 저녁이 되어서야 뻐근한 근육통과 함께 깨어난 크리스마스는 혹시 자신이 대상포진에 걸린 게 아닌가 하는 생각에 휴대전화를 쥐고서 그 병에 관해 찾아봤다.

대상포진은 어릴 때 앓은 수두바이러스가 몸속에 남아 있는 것인데…….

크리스마스는 글을 다 읽지 못하고 기절하듯 잠들었다.

그렇게 밤이건 낮이건 끙끙 앓는 사이

몇 차례 봄비가 쏟아져 학교의 목련꽃은 다 떨어지고

며칠 만에 학교에 간 크리스마스는 곧장 채플관으로 향했다. 잠겨 있는 유리문 너머로 컴컴한 바닥 타일을 보자 크리스마스는 가슴께가 아릿했다. 대상포진의 후유증인 걸 알면서도 크리스마스는 그 아픔이 쉽게 가라앉지 않길 바랐다.

계속 불편하고 더 가슴이 미어지길.

하지만 속이 뒤집히는 메스꺼움에 크리스마스는 발길을 돌렸고(그날은 강의가 없는 날) 목련에 이어 배꼽 문을 열어젖힌 왕벚나무 아래를 걸으며 두루미에게 말을 건넸다. 아직 이름도 몰라 빈칸으로 둬야 하는 수신자에게 처음으로 자신이 보는 세상에 관해 말하기 시작했다.

○○아, 나는 내 이름을 가리거나 지우지 않을 거야. 네 케첩 빛은 나에게 쏟아져 다시 반사될 거야. 그게 내 빛이 될 거야. 나는 네가 빛날 수 있게 고요히 어두워질게. 그래, 나는 너에게만은 쉬운 사람, 누가 보건 말건 실컷 웃어대는 등대야. 웃는 게 빛나는 거니까. 배꼽에서 빛이 나오지 않아도 나는 충분히 뜨거우니까. 돌아오는 수요일, 나는 일찌감치 자리에 앉아 널 기다릴 거야. 그날도 여전히 우리는 우리 사이의 팔걸이를 비워두겠지만, 그 후로 우리는 어떤 공연장에 가든 가운데 팔걸이 아래로 손을 맞잡을 거야. 있잖아, 나는 그런 걸 기억해. 아직 오지 않은 우리의 미래를 기억해. 하지만 내가 원하는 모습대로 우리가 살아갈 수 있을까. 우리의 마음을 어떤 물질로 증명할 수 있을까. 내가 느끼는 이 일렁임을 어떻게 너에게 전하지?

크리스마스는 가방에 넣어둔 청포도 맛 젤리를 꺼내 입에 넣었다. 배꼽에 노송나무가 자라는 일처럼 앞날은 기약할 수 없었고, 사랑에 빠진 크리스마스에겐 오직 미지라는 어둠이 펼쳐져 있었다. 크리스마스가 지표로 삼아야 할 빛은 두루미의 배꼽 빛이 아닌 그토록 피하고 벽을 세웠던 눈앞의 막막한 현실이었다. 쉽게 이해할 수 없고 기묘하며 더는 쓸모 없다고 여겨지는 한 사람의 마음, 그 마음이 품은 연약한 바람에 시선을 맞추고 그럴싸한 종결을 희망하지 않은 채 끝까지 빛들의 흔적을 바라봐야 했다. 달라진 것이 있다면 이제 크리스마스에게 본다는 것은 감추어야 할 약점이나 비밀이 아니라 살아 있는 크리스마스의 의지였다. 크리스마스는 발진 자국이 남은 옆구리 부근을 긁적이며 새롭게 시작할 관찰 노트의 문구를 떠올렸다.

그들은 수요일 예배를 통해 ⊗로 거듭났다.

그런데 채플 자리는 어떻게 정해지는 거지?

내일은 두루미에게 꼭 말을 걸겠다…… 오버.

김멜라

2014년 「홍이」로 자음과모음 신인문학상을 수상하며 소설을 발표하기 시작했다. 소설집 『적어도 두 번』, 『제 꿈 꾸세요』, 장편 소설 『없는 층의 하이쎈스』. 『환희의 책』, 산문집 『멜라지는 마음』을 펴냈다. '젊은작가상', '문지문학상', '이효석문학상'을 수상했다.

1

사랑의 시작에 관해 쓰고 싶었습니다. 설렘과 두근거림, 혼자만의 기대와 짐작, 기약 없는 기다림과 이어지는 실망, 온통 한 사람을 향한 생각에 빠져 하루가 어떻게 시작하고 끝나는지도 모른 채 안절부절못하는 순간들을 그려 보고 싶었습니다. 인간의 마음도 하나의 물질이고 그 물질을 지각할 수 있는 감각기관이 우리에게 있다면, 사랑에 빠진 마음은 어떤 형태로 나타나 어떻게 다른 이에게 감지될 수 있을지 상상해 보았습니다.

만약 우리의 마음에서 빛이 나온다면 그 빛은 어디에서 시작해 어디로 향할까요? 여름밤 풀숲의 반딧불이가 빛으로 구애하듯 사람의 마음도 각자 자기만의 점멸 패턴으로 반짝이며 그 빛에 호응하는 짝을 찾을 수 있을까요?* 빛줄기처럼 우리의 마음이 뻗어간다면, 빛이라는 물질이 그러하듯 마음 또한 직진하고 굴절하다 때론 장애물에 부딪혀 그림자를 만들 겁니다. 하지만 제대로 빛을 밝히기도 전에 자기의 감정이 잘못된 것일까 봐 걱정하며 다른 이의 눈에 안 보이게 자기 빛을 꽉꽉 숨겨야 하는 사람도 있겠지요. 저는 그 움츠린 빛을 생각했습니다.

2

인간의 망막에는 색을 감지하는 원뿔세포가 있고, 그 세포에는 빨강, 초록, 파랑의 수용기가 있어서 그 기관으로 세상의 색을 구별한다고 합니다. 새의 원뿔세포에는 여기에 한 가지가 더 있는데, 바로 자외선을 감지하는 기관이 있어서(게다가 그 세포에는 유색의 기름방울이 들어 있어서) 인간보다 더 많은 빛의 파장을 구별할 수 있다고 하지요. 유럽황조롱이는 밭쥐가 싼 오줌에서 반사된 자외선을 보며 밭쥐의 흔적을 찾고, 곤충 또한 자외선 시각이 있어 꽃의 색과 패턴을 우리보다 더 섬세하게 구별합니

* 소설을 쓰는 동안 반딧불이를 관찰하고 연구한 책인 『경이로운 반딧불이의 세계』(새라 루이스 지음, 김홍옥 옮김, 에코리브르, 2017)를 읽으며 도움을 받았습니다.

다.[*] 시각만 해도 이렇게 다채로운데 세상에는 우리가 미처 다 알지 못하는 감각들이 얼마나 많을까요. 해도나 나침반도 없이 바다와 강을 오가며 수천 킬로미터를 여행하는 뱀장어, 은하수를 이용해 자기가 가야 할 방향을 찾는 쇠똥구리, 어린나무의 성장을 도우려고 땅속의 진균을 통해 영양분을 보내는 숲의 어머니 나무,[**] 캄캄한 양수 속에 잠겨 모체와 연결된 탯줄로 자기만의 놀이를 즐기는 배 속의 태아. 우리가 밝혀낸 세계의 비밀과 아직 우리가 상상조차 못 하는 무수한 느낌들. 그 느낌들이 저를 꿈꾸게 하고 제가 품은 마음의 빛을 감추지 않게 응원해 줍니다. 사랑의 순간에 태어난 빛이 자기의 생의 주기를 다 마치고 무사히 어둠으로 스밀 수 있게 지켜봐 줍니다.

---

* 『새의 감각』(팀 버케드 글, 커트리나 밴 그라우 그림, 노승영 옮김, 에이도스, 2018), 50~51쪽의 내용을 참고했습니다.

** 뱀장어의 회귀에 관한 내용은 『잃어버린 숲』(레이첼 카슨 지음, 린다 리어 엮음, 김홍옥 옮김, 에코리브르, 2018), 39~44쪽, 쇠똥구리의 길 찾기 내용은 『세상에 나쁜 곤충은 없다』(안네 스베르드루프-튀게손, 조은영 옮김, 웅진지식하우스, 2019), 166~167쪽, 나무 간의 소통에 관한 내용은 『어머니 나무를 찾아서』(수잔 시마드, 김다히 옮김, 사이언스북스, 2023), 16쪽~17쪽을 참고했습니다.

3

주변에서 아이가 태어나고 자라나는 과정을 볼 때면 저는 문득 이런 생각이 들곤 했습니다. 저렇게 엄마를 좋아하던 아이가 언제부터 그 애정의 방향을 바꾸게 되는 것일까. 엄마에서 친구로, 또 연인으로 사랑의 양상이 변해 갈 때 그 방향들은 어째서 모두 엇비슷한 이성애의 모습을 띠게 되는 것일까. 그 과정에서 혹시 나처럼 덜컹거리거나 방황하는 사람은 없을까.

어릴 적부터 엄마를 향한 애착이 몹시 컸던 저는 어른이 되어 주변의 아이들을 보면서 제가 잊어버린 제 사랑의 역사에 관해 떠올려보곤 했습니다. 저처럼 처음 애정을 품는 대상이 주 양육자였던 엄마라면, 그 사랑의 관성으로 엄마와 같은 여성에게 애정이 향하는 것이 자연스럽지 않나 생각했습니다. 그러던 어느 날 저는 책을 읽으며 제가 품었던 궁금증과 비슷한 의문을 제기하는 사람을 만났습니다.* 저는 떨리면서도 반가웠고, 저의 생각을 소설로 쓸 수 있겠다는 용기가 생겼습니다. 단 한 사람이라도 누군가의 생각에 동조해 준다면 그 생각은 이야기가 될 수 있

---

* 에이드리언 리치의 '강제적 이성애'에 관한 글입니다. 『우리 죽은 자들이 깨어날 때』(에이드리언 리치 지음, 이주혜 옮김, 바다출판사, 2020), 245쪽~246쪽.

습니다. 책 속의 목소리에 힘입어 저는 제 안에 숨겨뒀던 이야기를 밖으로 꺼내 보일 수 있었습니다.

설령 이 모든 것이 한 편의 지어낸 소설에 불과하다 할지라도 한 사람 한 사람에게는 누구도 부정할 수 없는 연결과 사랑의 순간이 있었습니다. 배배 꼬여 움푹한 어둠 속에 자리 잡은 배꼽, 모두가 공평하게 나눠 가진 그 배꼽에 힘을 주고 언제라도 자신의 빛을 기쁘게 뻗어가길 바랍니다. 빛이여, 함께 있으라!

어디에서 왔어요?
Where Are You From?

홍한별 옮김

리사 버드윌슨

"로이가 당최 먹질 않아." 제이크가 고양이를 보며 이상하다는 듯 말한다. 제이크가 사료 그릇을 흔들자 로이는 하품을 하고 카펫 위에 위엄 있게 드러누워 배를 내보인다.

"냐아." 로이가 말한다.

"배가 안 고파서 그런지도." 내가 말한다.

제이크는 찬장으로 가서 부드러운 연어 맛 간식을 꺼내온다. "이건 보통 잘 먹지." 제이크가 말한다. 제이크는 과장된 몸짓으로 봉지를 흔든다. 로이는 기대와 달리 파블로프의 개처럼 폴딱 일어나지 않는다. 제이크는 한숨을 쉬며 호소하는 눈으로 나를 본다. "심각하다고."

지난주 초에 나는 제이크와 '미츠'라는 사람 사이에서 죽 이어지며 오간 문자 메시지를 발견했다. 제이크가 나에게 미츠나 미치라는 이름을 가진 사람 이야기를 한 적이 없었으므로, 누구인지 알아내려는 추적이 시작되었다.

처음 그 문자를 봤을 때는 뇌에서 처리를 하지 않으려고 했다. 대신 나는 바보처럼 미츠라는 사람이 제이크를 '자기'라고 부르는 까닭이 뭘까 생각했다. 농담인가? 둘이 장난을 치고 있는 건가? 다음에는 미츠가 메시지에 하트 모양 이모티콘을 붙인 것을 보았다. 이것도 농담인가? 그제야 내용을 제대로 읽었다. 스크롤하면서 읽었다. 거기 전부 있었다. 줄줄 이어지는 단어들에—제이크의 말은 투명한 텍스트 박스에, 미츠의 말은 녹색 텍스트 박스 안에 있었다. 날마다. 주고받고. 장난. 플러팅. 은근한 성적 암시. 일상 이야기. 전화 통화 약속, 근무 시간 중의 도모—잠깐 나올 수 있어? 우스꽝스러운 칭찬. 제이크는 마음만 먹으면 아주 너그러운 애인이 될 수 있는 모양이었다.

"습식 사료를 좀 담아놔. 배가 고프면 먹을 거야." 내가 말하며 부엌에서 나간다. 아드레날린이 솟구치는데도 내 목소리는 놀라울 정도로 차분하고 이성적이다.

'로이Roy'는 '왕자 전하His Royal Highness'를 줄인 이름인데 동물병원에는 풀네임으로 등록되어 있다. 나는 동물병원에서 보낸 우편물을 받는 것을 좋아한다. 예방 접종과 연례 벼룩

치료 시기가 되었음을 알리는 우편물에 받는 사람 이름은 왕자 전하로 되어 있고 그 아래에 우리 집 주소가 적혀 있다. 집배원이 어떻게 생각할지 항상 궁금하다. 이름을 보기는 할는지. 로이는 평범한 회색과 검은색 얼룩 고양이인데 털이 길어서 털 뭉치가 집 안 여기저기에 조그만 회전초처럼 굴러다닌다. 나는 날마다 소형 다이슨 막대형 청소기를 돌린다. 코스트코에서 샀는데, 우리 형편에 무리였으나 제이크는 이 물건을 소유하고 있다는 사실을 턱없이 자랑스러워한다. 내가 로이의 털을 다 빨아들이고 다이슨을 치우고 돌아서기가 무섭게 또 다른 회색과 검은색 회전초가 부엌 수납장 아래에서 굴러다니는 게 눈에 들어오기 마련이다. 로이는 내 첫 고양이인데, 로이를 데려오기 전에 누군가가 나에게 고양이는 손이 안 간다고 말했다. 하지만 그건 지나치게 낙관적인 관점이다. 로이는 사랑스럽고, 손이 많이 가고, 끊임없이 신경을 써야 하는 존재다.

"어디에서 왔어요?" 선주민들끼리는 늘 이 질문을 던져 상대방의 답변을 평가하고 서로 인척 관계가 있는지 확인하고 상대가 자기 배경을 얼마나 아는지 알아본다. 이 질문을 들으면 나는 늘 시험받는 느낌, 소속감을 테스트받는 느낌이 든다. 나는 사실 질문한 사람이 알고 싶어 하는 '어딘가'에서 왔다고 말할 수가 없다. 나는 '보호구역'이 아니라 도시에서 자랐다. 가끔은 내 배경이 선주민들 사이에서 흔히 듣는 어디 출신이냐는 질문에 도전하는 것처럼 느껴진다. 나는 꽤 오랫동안 나 빼고 다른 선주민들은 전부 보호구역 출신이라고 잘못 생각했고, '이상한' 사연을 가진 사람, 입양되어 소도시 교외의 백인 가정에서 자란 사람은 나뿐인 줄 알았다. 다들 자기가 어디 출신인지 잘 알 것 같고, 나만 그런 질문을 들으면 얼굴을 붉히면서 바보처럼 이런 소리를 더듬거릴 것 같은 기분이 든다. "그게요, 우리 엄마는 콰펠* 출신이에요. 조약 4호의……." 그러다가는 내가 내 출신에 대해 거의 모르다 보니 더 할 말이 없어 말꼬리를 흐린다.

"너희 엄마가 어디 출신인지는 관심 없어." 코웃음을 치며 이렇게 말하는 사람도 있다. "네가 어디에서 왔냐고 물은 거야."

그러면 나는 입을 다물고 한동안 아무 말도 하지 않는다.

처음으로 누군가, 모르는 사람이 나한테 크리어**로 말을

---

* Qu'Appelle. 새스캐처원 주의 소도시.

** Cree language. 캐나다에서 영어, 프랑스어와 함께 널리 사용되는 크리족의 언어.

걸었을 때 나는 그 사람이 뭐라고 하는지 몰랐다. 적어도 머리로는 몰랐다. 그런데 느닷없이 마음인지 영혼인지가 알아들은 것 같았다. 아니면 내 골수에 있는 무언가가. 그 사람이 같이 이야기하자고 나를 부르고 있었다. "아스툼(이리 와)." 그가 말했다. 내가 멍한 얼굴로 쳐다보자 다시 말했다. "아스툼, 니토템(친구)." 나를 쳐다보며 더 절절한 말투로 "아스툼, 젊은 친구."라고 다시 말했는데 그때 내 발은 이미 움직이고 있었다. 나는 그가 뭐라고 말하는지 알았고 그 사람에게 갔고 그러자 그가 영어로 말을 걸었다.

"어디에서 왔어요?" 그가 물었다. 항상 그러듯 나는 뭐라고 말해야 할지 몰랐다.

"몰라요."

"모른다고요!" 그가 소리쳤다. "모른다니 무슨 뜻이에요?"

"어, 우리 엄마는 메티스*예요." 나는 자신 없게 말했다.

"응, 거봐요." 그가 말했다. "뭔가 있잖아요. 그럼 집에 가서 엄마한테 당신 출신에 대해 물어봐요. 그럼 다음번에는 뭐든 대답할 말이 있겠죠." 나는 내가 입양되었으며 물어볼 사람이 없다는 말은 굳이 하지 않았다.

* Métis. 캐나다 선주민과 유럽인의 혼혈.

몇 달 전부터 나는 매일 밤 혼자 잠자리에 들었다. 제이크는 불면증 때문에 거실 소파에서 잔다. 자기 때문에 나까지 못 자게 하고 싶지 않다고 말한다. 제이크와 '미츠' 사이의 메시지를 발견하고 나니 이 모든 일이 무슨 뜻인지 명백해진다.

나는 침대에 누웠으나 이불 속에서 뒤척이며 잠을 이루지 못한다. 창문이 열려 있어 저녁 바람이 들어오는데 날씨가 쾌적하다. 15~18도 정도가 유지된다. 창문이 열려 있어 그 사람의 냄새를 맡을 수 있다. 이웃 남자. 스미스의 담배 냄새. 스미스는 집 밖에 나와 서서 담배를 피운다. 내가 여기 있는 걸 알까? 내가 그 사람을 느끼는 것처럼 그 사람도 내가 여기 있는 걸 느낄까? 창문이 열려 있으니 우리 사이에는 거의 아무것도 없다. 공기, 방충망, 입 밖에 내지 않은 말, 삼나무 한 그루가 전부다. 담배 연기 냄새를 맡으면 나는 조용해진다. 부스럭거리지 않고 가만히 있다. 내가 그 사람의 숨소리를 듣고 그 사람도 내 숨소리를 듣는 상상을 한다. 내가 몸을 뒤척여 600TC 면직 시트에 내 살이 닿을 때 나는 사락 소리를 그가 들을까? 내가 이따금 작게 헛기침하는 소리, 잠긴 목을 푸는 소리. 잠에 빠져들며 한숨 짓는 소리를. 자리를 뜨지 않고 그 자리에 서서 내가 잠드는 소리를 들을까? 스미스가 언젠가 내가 가볍게 코를 고는 소리를 들었을까? 잠결에 웅얼거리는 소리를?

나는 대담한 상상을 한다. 스미스가 내 창문 밖에 있고 담배 연기가 들어올 때 시트 아래에서 내 몸을 만지는 거다. 시트가 사락거릴 거고 내가 리듬을 타고 움직이는 소리가 날 거다. 나는 흥분해서 낮은 신음을 낼 거다. 열린 창문 밖에 있는 스미스를 생각하며 이런 상상을 한다. 스미스는 내 숨소리를, 숨소리가 가빠지다가 헉 멈추는 것을 들을 테고, 내 등은 촘촘한 재질의 시트 위에서 활처럼 구부러질 거다. 나는 우리 사이를 가로막은 장막이 얼마나 얇은지를 떠올린다. 고해소의 칸막이 격자창처럼 얇은 망창. 지금까지는 이 시나리오를 상상만 해보았다. 그렇지만 제이크와 미츠 사이의 문자를 발견한 지금 모든 게 달라졌다. 이제 나는 창문 너머에 있는 스미스와 실제로 교류를 한다든가 하는 매우 대담하고 무모한 뭔가를 해볼 궁리를 하고 있다.

왕자 전하한테는 길 위에 드러눕는 버릇이 있다. 차도 한가운데에. 우리 집 앞길이 버스가 지나다니는 길인데, 버스가 우리 집 앞에서 완전히 멈추더니 로이가 몸을 일으켜 위엄 있게 기지개를 켜고 도로에서 나와 유유자적 우리 집 앞마당 잔디로 올라올 때까지 기다리는 걸 여러 번 봤다. 버스 운전사가 로이를 위해 그렇게 멈춰 주는 게 늘 놀랍고 감사하다. 나는 만약 로이가 죽는다면 버스에 치여서 죽을 거라고 생각했다. 버스 운전사가 새로운 사람으로 바뀌거나 하는 날에. 그런데 대신 제이크가 심각하다고 말하는 알 수 없는 병 때문이 될 것 같다.

"나는 오늘 못 데려가. 미팅이 있어." 제이크가 말하며 물이 끓는 주전자로 황급히 다가가 인스턴트커피 가루에 얼른 물을 붓고 깨끗한 출근용 셔츠가 걸려 있는 세탁실로 달려간다. "그리고 나 오늘 차 써야 해." 제이크가 세탁실에서 큰소리로 외친다.

"나도 오늘 못 빠져." 내가 말한다. "그랜트가 눈에 쌍심지를 켜고 있어. 지난주에 두통 때문에 너무 많이 빠졌어." 제이크-미츠 두통 때문에, 나는 속으로 말한다.

"어쨌든 병원에는 꼭 가야 해. 위급 상황인 거 안 보여?" 제이크가 로이 쪽으로 턱짓을 한다. 로이는 등을 대고 누워 우리에게 부풀어 오른 배를 보여 준다.

"냐아." 로이가 애원하듯 말한다. 확실히 멀쩡하지 않다.

우리는 둘 다 로이를 보며 꿈쩍 않고 있다가 결국 내가 몸을 돌려 고양이 이동장을 가지러 지하실로 간다.

내가 크리어를 머리가 아니라 가슴으로 '이해'할 수 있다는 것을 처음 알게 된 뒤에 누군가가 나에게 크리어로 말을 걸면 나는 자동으로 한없이 행복한 듯 웃음을 지으며 상대가 물었다고 생각하는 질문에 답하려고 애썼다. 어느 날 점심때 귀엽게 생긴 남자가 크리어로 뭐라고 물었을 때도 그랬다.

"전 크리어를 못 해요." 나는 얼굴에 웃음을 한가득 머금고 대꾸했다. "전 콰펠 출신이에요. 메티스고요. 크리이기도 해요." 얼른 덧붙인다. 무슨 말인지 모르겠다, 나한테 뭐라고 물었는지 못 알아들었다고 말하는 것보다는 낫다. 왜냐하면 어떤 면에서 나는 늘 아니까. 그 질문은 언제나 '어디에서 왔어요?'를 가능한 수십 가지 방식으로 변주한 것 가운데 하나이기 때문이다. 내 영혼은 알아듣고 내 가슴은 심장 박동으로 느낀다. 약간의 힌트만 있으면 대꾸할 수 있다.

"아." 그가 천천히 말한다. "어쩌면 우리가 사촌일 수도 있겠네요." 그가 웃는다.

"흠, 우리가 진짜 사촌이라면요." 내가 당돌하게, 여전히 웃음을 머금은 채 말한다. "나한테 20달러만 빌려줘요." 나는 고개를 젖히며 웃는다. 그도 웃는 걸 보고 마음을 놓는다.

"그러게요. 아니면 좋겠네요. 우리가 사촌이면 데이트 신청을 못 할 테니까." 그가 말한다. 그는 이번에는 웃지 않는다.

"와. 대담하네." 내가 말하고 웃는다. 나는 자리를 뜰 것처럼 발을 움직이며 아래를 내려다보지만, 가지 않고 남아 그 사람과 이야기를 나눈다.

그 사람이 제이크였다. 그렇게 해서 우리는 만났고 사귀게 되었다. 그게 벌써 거의 십 년 전이다.

로이를 어깨끈이 달린 더플백 모양 고양이 이동장에 넣어 들고 버스에 올라타는데, 자리가 없어서 8킬로그램짜리 고양이를 어깨에 메고 서 있어야 한다.

"냐아." 이동장 안에서 로이가 주기적으로 새끼 양 같은 소리를 낸다. 버스 안에 있는 사람들이 나를 쳐다본다. 나는 버스 터미널에서 내려 횡단보도 신호가 바뀌길 기다리며 가방끈을 어깨 위로 더 추어올린다.

"냐아." 로이가 목구멍 깊은 곳에서 울음소리를 내는데 이제 더 불안해 하는 듯하다. "거의 다 왔어, 친구." 내가 달랜다. 나는 로이를 새끼 때부터 키웠다. 로이와 같이 지낸 기간이 제이크와 같이 지낸 기간보다 길다. 이 순간 둘 중 하나를 잃어야 한다면 로이보다는 제이크를 잃는 편이 낫겠다. 작금의 '미츠' 문제를 생각해 보면. 나는 동물병원 문을 등으로 밀고 들어가 한숨을 내쉬며 이동장을 바닥에 내려놓는다. 접수원이 로이의 상태를 파악한 후에—"방광 문제 같은데요."—로이를 데리고 들어간다. 병원에서 보증금으로 200달러를 내라고 해서 어쩔 수 없이 비상용 신용카드로 결제한다. 병원에서는 무슨 문제인지 알게 되면 바로 연락하겠다고 한다.

그날 오후에 나는 스미스의 트럭이 진입로에 서 있는 것을 보고 스미스의 집 현관 벨을 누른다. 스미스는 놀란 얼굴이지만 어쨌든 들어오라고 한다. 현관에서 스미스의 부엌이 훤히 보이는데, 부엌에 우리 집 뒷마당이 내려다 보이는 창문이 있다. 이 위치에서도 스미스가 우리 집 뒷마당 전체를 한눈에 쉽게 볼 수 있다는 걸 알겠다. 봄여름 내내 잡초 뽑고 꽃에 물 주고 꽃밭 가꾸고 삽으로 흙을 파고 허리를 굽혀 여름용 파티오* 러그를 펼치고 차고에서 파티오 의자와 테이블을 꺼내오는 내 모습을 생각한다. 스미스는 그 모든 일을 관람석 맨 앞줄에서 볼 수 있었다. 스미스의 집 현관에서 나는 이마에 땀이 맺히는 걸 느낀다.

스미스에게 우편물을 건넨다. "오늘 우리 집 우편함으로 들어왔더라고요." 나는 어깨를 으쓱하며 말한다.

---

* Patio. 안뜰, 앞마당의 작은 정원 혹은 테라스를 의미한다.

나는 우리 집 뒷마당에서 스미스의 부엌 창을 본다. 지난 봄 종일 마당에서 일했던 날이 생각난다. 온종일 나무를 다듬고 잔디를 깎고 씨를 뿌리고 물을 주었다. 마지막 쓰레기 한 줌을 녹색 쓰레기통에 넣는데 말벌이 내 티셔츠 목깃 안으로 날아들었다. 손끝으로 살짝 티셔츠를 누르자 그 아래에서 조그만 몸뚱이가 미친 듯 바르르 떨리는 것이 느껴졌다. 목깃을 열어 말벌을 내보내려고 하는데 말벌이 내 목을 쏘았다. 나는 반사적으로 말벌을 찰싹 쳤지만 말벌은 살아 있는 채로 옷 안으로 더 깊이 들어가 내 살갗과 닿자마자 또 쏘았다. 나는 미친 듯이 내 몸을 찰싹찰싹 때리며 몸을 앞으로 숙여 계속 쏘아대는 말벌을 떨어내려 했으나, 말벌은 잔뜩 성이 난 채로 내 브라 안으로 들어가 꼼짝없이 갇혀 버렸다. 그러곤 쏘고 또 쏘았다. 나는 셔츠를 머리 위로 벗고 브라도 위로 당겨 올려 가슴을 내놓고 마침내 말벌도 내놓았다. 말벌은 기진해서 풀밭에 떨어졌다. 죽었거나 죽기 일보 직전인 듯했다. 나는 뒷문으로 집으로 들어가서 냉동실에서 꺼낸 얼음을 화끈거리고 부어오르는 자리에 대고 거울로 가서 벌겋게 부은 자리가 몇 군데나 되는지 세보았다. 말벌이 내 상체에서 이동한 경로를 볼 수 있었다. 목에서 가슴으로, 가슴 옆으로 갔다가 점점 아래로 가서 갇힌 채로 얻어맞는 공포와

고통에서 마침내 풀려나기까지.

나는 스미스의 창문을 보면서 그가 말벌 쏘임 댄스를 보았을지 궁금해 한다. 뒷마당에서 옷을 훌렁 벗는 나. 나와 말벌의 죽음의 무도에 관객이 있었을까? 스미스가 그 소동을 다 보았을까?

다음 날 아침 동물병원에서 전화를 걸어 오라고 한다. 점심시간에 버스를 타고 가서 횡단보도에서 신호가 바뀌기를 기다릴 때 순간 불길한 예감이 엄습하는데, 결국 그 예감이 맞았다는 걸 알게 된다. 로이의 심장이 멎었다. 요도가 막혀 방광을 비울 수가 없었고, 병원에서 손을 써보기 전에 심장이 멈췄다.

내 비상용 신용카드에 제이크가 출근할 때 그리고 온갖 '외부 회의'에—미츠를 만나는 거겠지—참석할 때 쓰는 자동차의 겨울용 타이어 한 세트 비용이 청구될 것이기 때문에 나는 동물병원에 '처리'를 위한 추가 비용을 치를 수가 없다. 내가 카드로 잔금을 내자 접수원이 나를 조용한 곳으로 데려간다. 로이가 테이블 위 파란 비닐 패드에 누워 기다리고 있다. 다리에 정맥주사를 맞은 부위에 털이 깎여 있다. 입 한쪽이 올라가 송곳니 하나가 드러나 죽어서도 나를 보며 비웃는 듯 보인다. 나는 몸을 숙여 로이의 머리를 쓰다듬는다. "내 새끼, 나의 왕자 전하." 속삭이며 눈 사이 털을 쓰다듬는다. 접수원이 로이를 이동장에 다시 넣게 도와준다. 나는 로이의 입술을 손으로 쓸어 다물어 주고 가능한 한 조심스럽게 다루어 품위를 지켜 주려 하지만, 이제 8킬로그램의 주검이 된 로이는 조그만 고양이인 주제에 가방 안에 쉽게 들어가질 않는다. 마침내 이동장의 지퍼를 채우고 가방끈을 어깨에 메고 낑낑거리면서 문으로 나가며 접수원에게 마음 써 줘서 고맙다고 하는데 이동장이 전보다 더 무겁고 더 조용하다. 로이가 작은 소리로 냐아— 하던 것을 떠올리자 가슴속 어딘가가 아리다.

버스 터미널까지 걸어갔으나 버스를 타는 대신 계속 걸어 강가로 간다. 이따금 어깨끈을 좀 더 편하게 고쳐 멘다. 등에 바람과 햇볕이 닿고 앞쪽에는 깊고 맑고 파란 하늘이 펼쳐져 있는데, 지평선 부근이 가장 밝고 하늘 꼭대기가 가장 짙다. 흐릿한 반달이 짙고 파란 부분에 떠 있다. 가장 따뜻하고 밝은 시간대이고 오후 3시가 거의 되었다. 무언가의 정점에 있는 듯, 낮이 이제 반환점을 돌고 반대 방향으로 가려고 준비하는 듯 느껴지는 때. 하늘에 완벽한 반달이 쪼개진 하얀 비스킷처럼 놓여 있다. 창백하다. 제이크와 같이 작년 가을 캘

리포니아 바닷가에서 발견한 연잎성게 조각처럼. 제이크와 그런 여행을 다닐 수 있었을 때. 그때 나는 바닷가에서 온전한 연잎성게를 찾으려 했지만 조각밖에는 찾지 못했다. 온전한 것을 찾으려는 내 욕구가 좌절된 게 지금 내가 아는 것을 생각해 보면 상징적으로 들어맞는 일이라는 생각이 든다. 문자 메시지를 보면 제이크는 그 시점에 이미 의문의 인물 미츠와 만나고 있었다. 어쩌면 내가 좀처럼 찾을 수 없는 온전한 연잎성게를 찾는다고 바닷가를 뒤지고 있을 때 제이크는 '미츠'에게 문자를 보내고 있었을 것이다. 오늘 하늘에 뜬 달을 보니 그 바닷가와 연잎성게는 다른 세상의 일 같다는 생각이 든다. 손 닿을 수 없는 곳.

오래전 그날 제이크가 나에게 크리어로 말을 걸던 것을 생각한다. 내가 특별한 존재인 것처럼 느껴졌던 것도. 제이크는 내가 자라면서 놓치고 있었던 선주민다운 면을 일깨워 주었다. 나는 우리 관계가 무너지고 있다는 걸 알면서도 그것 때문에 떠나지 않았다. 적어도 일부는 그것 때문이다. 나는 내 문화와 연결되기를 간절히 원한다. 제이크는 나와 집을 잇는 사다리다. 제이크가 형편없이 굴 때마다 나는 헤어져야겠다고 생각하지만 매번 떠나지 못한다. 문화와 연결에 대한 갈망이 너무 복잡하게 얽혀 있다.

연잎성게 같은 유령 달이 마치 대낮에 어슬렁거리는 반전된 그림자 같다는, 엉뚱한 시각에 깨어 있는 불면증 환자 같다는 생각에 빠져 있는데 우리 차, 제이크의 차, 제이크가 내가 아직 대금을 납부하지 않은 겨울용 타이어를 달고 모는 차가 눈에 들어온다. 강을 따라 이어진 길 위에 주차되어 있다. 차 안을 들여다보았는데 제이크는 차에 없다. 후드를 만져 보니 시동이 꺼진 지 좀 된 듯 온기가 없다. 여기 한동안 주차되어 있었던 거다. 그러다가 옆에 있는 건물을 보고 나는 생각한다. 호텔이다. 여기에 차를 세우고 호텔로 갔구나.

"개새끼." 나는 낮은 소리로 말하고 로이가 든 가방을 다시 어깨에 들쳐 멘다. 호텔 진입로로 걸어 올라가 로비 문으로 들어가다가 제이크를 딱 마주칠까 싶어 심장이 마구 뛴다.

로비에서 제이크를 맞닥뜨리는 일은 일어나지 않는다. 적어도 당장은. 나는 로비 전체가 보이는, 엘리베이터 맞은편에 있는 의자에 앉는다. 누군가가 나를 보기 전에 내가 먼저 볼 수 있다. 엘리베이터에서 나오는 사람은 모두 내가 있는 쪽은 보지 않고 입구나 프런트 데스크 쪽으로 간다. 레스토랑에서 나오는 사람은 나를 등지고 지나간다. 나는 사람들을 보지만 사람들은 나를 보지 않는다. 완벽한 관찰 지점이다. 로이의 가방을 내려놓고 쑤시는 어깨를 쉴 수 있어 다행이다. 나는 로이를 내 옆에 놓으며 의자에 앉는다. 로이에게 속삭이듯 말한다. "괜찮아. 착한 녀석." 로이가 얼마나 훌륭한 고양이였는지, 얼마나 다정하고 붙임성 있었는지 생각한다. 엘리베이터에서 다섯 명, 열 명, 스무 명, 서른 명이 나올 때까지 지켜본다. 각기 몸을 돌려 호텔 정문으로 가고, 주차장으로 나가고, 오후 내내 사람들이 나오는데 제이크는 없다. 나는 아주 오래 의자에 앉은 채 지켜본다. 로이가 내 곁을 지켜주고, 울고 싶을 때도 애써 웃는 사람들에 관한 슬픈 노래가 머릿속에서 맴돈다.

제이크가 엘리베이터에서 나올 때, 그다음에 일어난 일은 전혀 예상하지 못한 일이다. 제이크는 엘리베이터에서 나와 정문을 향해 걸어간다. 지금까지 엘리베이터에서 나온 다른 사람들과 마찬가지로. 스미스가 엘리베이터에서 제이크와 함께 내린다. 스미스. 담배 냄새를 풍기는 스미스.

나는 일어서서 따라간다. 너무 오래 앉아 있다 보니 왼발이 저려서 절룩거리며 걷는다. 스미스의 트럭은 주차장에, 제이크의 차가 있는 쪽과 반대편에 세워져 있다. 하지만 제이크는 스미스의 트럭까지 같이 걸어간다. 나는 거리를 두고 본다. 트럭 앞에서 제이크가 옆에서 살짝 빠르게 한 팔로 스미스의 허리를 감싸고, 스미스는 웃는다. 거의 못 보고 놓칠 만큼 빠른 포옹이다. 그러자 스미스가 트럭에 올라타고 제이크는 다시 호텔 정문 쪽으로 돌아선다. 나는 얼른 안으로 들어가서 의자에서 왕자 전하를 찾아온다. 밖으로 나와 보니 제이크와 내 겨울용 타이어를 단 자동차는 사라지고 없다.

처음 제이크가 바람을 피운다는 것을 깨달았을 때 나는 이해한다고 생각했다. 알고 보니 아무것도 이해하지 못한 거였다. 그때 나는 새로운 앎의 단계에 도달했다. 모르는 단계와 그다음 의심하는 단계에 이어 새로운 앎의 단계에 이르러 최악을 알게 되었다고 생각했다. 나는 그렇구나, 제이크가 바람을 피우는구나, 언젠가는 끝나고 제정신을 차리겠지, 하고 생각했다. 한번 그러고 나면 그것에 대해 보상하고 바로잡으려고 하겠지. 사과하겠지. 해명하겠지. 새로운 앎의 단계에서 나는 제이크가 나에게 빚진 게 있다고 생각했다. 나는 여전히 우리가 서로한테 어떤 의무가 있다는 묵은 관념에 사로잡혀 있었다. 그렇지만 이제는 제이크가 늘 그랬듯 나보다 한 걸음 앞서 있다는 걸 안다. 제이크는 나에게 빚진 상태에서 벗어났다. 의무는 창문 밖으로 사라졌다.

강가에서 나는 몸을 돌려 해를 마주하고 눈부신 빛이 내 얼굴에 쏟아지게 한다. 나는 소리 내어 말한다. "고맙다. 고맙다." 나 자신을 설득하려는 듯, 그게 사실이길 애원하듯. 나는 눈부신 둥근 해에게 내가 건강한 것이 고맙다고 말한다. 내 삶에 고맙다. 로이와 함께한 시간에 고맙다. 아름다운 로이가 내 삶에 있었던 것에 고맙다. 이날에, 숱한 추락에도 엄청난 슬픔에도 불구하고 고맙다. 내 삶과 무엇이 되었든 다가올 것이 고맙다. 앞으로 나아갈 준비가 되어 있는 것이 고맙다. 한 걸음 앞으로. 진실을 알게 되어서 그리고 이번에는 박차고 일어설 준비가 된 것이 고맙다. 어떻게 해야 할지 알아서.

나는 두 팔을 V자 모양으로 들고 해를 마주 보고 내 몸을 크게 만든다. "나는 고맙다." 다시 말한다. 어떤 여자가 이상하다는 듯한 눈으로 나를 쳐다보지만 신경 쓰지 않는다. 나는 해를 향해 두 팔을 들고 그 순간 해와 달, 둘 다를 사랑한다. 바닷가의 거친 모래에 닳고 짠 바닷물에 풍화된 빛바랜 연잎성게 달이 제이크다. 파란 낮 하늘에서 흐릿하게 사라져 가는 달. 신기하게도 벌써 제이크가 사라지는 게 느껴진다. 그리고 눈부시고 거대한 노란 해, 하늘의 노란 새는 로이다. 나의 기쁨. 나는 해를 향해 얼굴을 들고 눈을 감는다.

"사랑해." 내가 말한다. "키사키틴.* 사랑해."

---

* 크리어로 '사랑해.'

리사 버드윌슨

Lisa
Bird-Wilson

리사 버드윌슨의 최신작 『아마도 루비(Probably Ruby)』(2021)는
여러 국가에서 번역 출판되었으며, 캐나다 총독 문학상과
아마존 퍼스트 소설상 최종 후보에 올랐고, 올해의 책을 포함한
두 개의 서스캐처원 도서상을 수상했다. 소설집인 『그저 그런
척(Just Pretending)』(2013)은 2014년 올해의 책 등 4개의 도서상을
수상했으며, 다누타 글리드 상 최종 후보에 올랐다. 그녀의 첫
시집 『레드 파일(The Red Files)』(2016)은 사료에서 영감을 받아
가족 및 역사의 분열에 대해 고찰한 작품이다. 리사 버드윌슨은
서스캐처원(Saskatchewan) 원주민 문학 페스티벌의 창립 멤버이자
의장이다. 캐나다 최초의 메티스 고등 교육 및 문화원인
'가브리엘 뒤몽 인스티튜트'의 대표이기도 하다.

당신은 혼자가 아니에요

나는 백인 가정에 입양되어 성장한 선주민으로, 다른 인종 간 입양으로 인한 충격과 정체성 상실이 선주민과 이들을 식민화한 캐나다의 관계라는 맥락에서 광범위하게 나타나는 문제임을 알게 되었습니다. 캐나다의 기숙 학교 제도는 교회와 국가가 선주민에게 저지른 역사적 범죄였습니다. 선주민 아이들을 부모와 공동체로부터 떼어 내어 학교에 수용하여 문화, 정신, 선주민 정체성을 무너뜨리려 한 제도였지요. 기숙 학교가 문을 닫은 뒤에도 수십 년 동안 정부에서는 선주민 아이들을 데려다가 백인 가정에 입양시키는 방법으로 이들을 동화하려 했습니다. 이런 정부 정책과 책략은 오늘날에는 문화적 인종 학살 행위로 널리 인정됩니다.

캐나다 밖 서구 사회에서의 입양도 선주민 입양과 비슷한 점이 많습니다. 한국에서 입양된 아이들은 서양 식민 (캐나다와 미국 등) 사회에서 성장하면서, 문화, 언어, 가족, 공동체로부터 철저히 단절되었습니다. 많은 가정에서 인종 간 입양아를 일부러 기원, 소속감, 가족, 공동체 등을 무시하며 길렀습니다. 낯선 환경에 던져진 아이들은 '우리는 다 같은 사람'이라는 똑같은 소리를 화이트 노이즈처럼 들으면서 성장했습니다. 여기에다가 자기들이 문제 가정 출신이고, 그러면서 동시에 기원이랄 것이 '없으며', '불우한' 아이에게 서양 사회의 특권 속에서 자랄 기회를 선물한 관대한 호의의 수혜자라는 자화자찬까지 들어야 했지요. 입양된 아이들은 백인 중산층 문화적 가치를 이식받아 입양 부모가 원하는 모습으로 자라납니다. 백인이 아닌 아이들을 백인으로 만드는 대규모 실험의 일환이었던 셈입니다.

내가 선주민 입양아로서 나의 경험을 글로 쓰고 다른 입양인들을 만나면서 얻은 가장 소중한 선물은 '나는 혼자가 아니다'라는 깨달음이었습니다. 비록 우리가 우리의 정체성을 언제나 둘러 감추는 침묵 속에서 고립되어 자랐을지라도, 우리는 외톨이가 아니고 우리 같은 사람이 많습니다. 나는 선주민 입양아뿐 아니라 한국에서 입양된 사람들 가운데서도 대단한 작가와 예술가들을 많이 만났습니다. 저마다 특별한 맥락에서 정체성을 탐구하고 글을 쓰는 사람들입니다. 그랬기 때문에, 주제가 다양성과 포용인 한국-캐나다 문인들의 공동 작업에 참여하지 않겠느냐는 제안을 받았을 때 나는 인종 간 입양으로 인한 문화적 상실, 소외, 정체성 혼란 등의 공통 상처를 아우를 수 있는 단편 소설을 책에 싣고 싶었습니다. 캐나다에서 태어났건 한국에서 태어났건 우리 중 많은 사람이 공감할 수 있는 이야기를 나누고 싶었습니다.

이 선집에 실린 소설은 서스캐처원에서 휴양하던 한겨울에 썼습니다. 광활한 평원 위로 바람이 사정없이 몰아쳤지만 나는 내 안에서 솟아나는 무서운 슬픔을 달래기 위해 날마다 열렬하게 해가 뜨기를 기원했습니다. 슬픔 이야기를 하려던 것은 아니고, 해가 핵심입니다. 해는 파도에 닳은 연잎성게 달의 이미지와 함께 변화와 움직임, 힘든 상황에서도 무언가 새로운 것이 솟아나리라는 믿음을 뜻합니다. 나는 대체로 이런 궤적을 여전히 믿는다고 말할 수 있어 다행입니다. 해가 슬픔을 어느 정도는 달래준다고, 그리고 역경 속에서 새로운 약속이 생겨난다고, 또 내 단편 속의 인물처럼 인종 간 입양인은 우리가 태어날 때부터 지닌 지식을 내면에 간직하고 있다고 말할 수 있어서 다행입니다.

빗방울처럼

김애란

이른 아침, 초인종 소리에 잠에서 깬 지수가 현관으로 가 철문 외시경에 눈을 댔다. 작업복 차림의 한 여성이 두리번거리는 게 보였다. 조그마한 체구에 구릿빛 피부가 눈에 띄었다. 지수가 "누구세요?"라 묻자 저쪽에서 "오늘 도배하러 온 사람인데요."라고 외쳤다. 지수는 그제야 자신이 오늘 약속을 까맣게 잊고 있었음을 깨달았다. 도배사로 여자가, 게다가 외국인이 오리라고는 예상 못 해 당황하다 얼결에 문을 열었다.

—혼자 오신 거죠?

지수가 혹시나 하는 마음에 다시 확인했다.

—네. 사장님이 방 하나라 했습니다. 맞습니까?

도배사가 말한 '사장'이란 근처 지물포가게 사내를 가리키는 거였다. 그는 방문객에게 도배지 샘플을 보여주고, 도배 날짜를 잡고, 도배사와 연결해 주는 일을 했다. 지수도 처음에는 천장만 손보려 했는데 "인부들이 그렇게는 일을 안 하려고 할 것"이라는 사장 말에 안방 전체를 도배하기로 했다.

—네. 한 곳만 해 주시면 돼요.

도배사가 차분하게 두 눈을 빛내며 주위를 둘러봤다.

—어느 방입니까?

지수는 삼 년 전에 이곳으로 이사 왔다. B시 구도심에 다세대 주택과 오피스텔, 저층 아파트가 빼곡히 들어선 동네였다. 신혼 초, 볕 안 드는 투룸에 살다 이 년 만에 방 세 개짜리 신축 빌라로 옮겨 지수는 한동안 밝은 얼굴로 집을 오갔다. 거실 창 너머 무성한 초록을 보고 한눈에 반한 집이었다. 그런데도 한날 직장 동료가 "그럼 더 상급지로 간 거야?"라 물었을 때 쉽게 대답 못 한 건 요즘 부동산 채널에서 유행하는 상급지니 하급지니 하는 말도 그때 처음 들은 데다, 순간 자신이 개천의 물고기가 된 기분이 들어서였다. 거주지에 따라 '급'이 아니라 '종' 자체가 나뉘는.

지수의 남편 수호는 성실하고 조용한 남자였다. 처음 봤을 때부터 지수는 수호의 그런 점에 끌렸다. 사려 깊되 생색내지 않는 데. 수호는 B시에서 십 년 가까이 전자 제품 방문

기사로 일했다. 지수의 남동생 준오도 같은 회사 소속이었고 두 사람은 한동안 2인 1조로 일했다. 그러다 한날 준오가 현장에서 오른손을 크게 다쳤고, 소식을 듣고 병원으로 달려간 지수는 그곳에서 수호를 처음 만났다. 그러곤 수호가 자기 부하를 진심으로 걱정하고 살피는 모습에 깊은 인상을 받았다. 몇 달 뒤 지수가 준오에게 쑥스러운 얼굴로 자신의 연애 상대를 밝혔을 때 지수는 준오가 혹 수호를 박하게 평하지 않을까 걱정했다. 세상에 자기 상사를 좋아하는 사람은 별로 없으니까. 하지만 당시 준오의 내심 기뻐하는 듯한 표정과 마지막 말은 지수를 안심시켰다.

—같이 일해 본 사람 중 가장 좋은 사람이야.

수호의 성실함과 책임감은 이 집 이사 때도 빛을 발했다. 수호는 집 계약 전 인터넷 등기소에 접속해 수시로 등기부 등본을 확인하고, 세 곳의 이사 전문업체로부터 견적을 받아 가격이 가장 합리적인 곳과 거래했다. 그러곤 이삿날 전입신고를 마치고 확정일자를 받은 뒤 긴 안도의 숨을 내쉬었다. 두 사람에게는 이 집 전세 보증금이 거의 유일한 재산이자 전재산이었기 때문이다.

지수가 도배사를 안방으로 안내하며 거실을 흘깃 바라봤다. 거실 한가운데 며칠 전 안방에서 거의 끌고나오다시피 한 매트리스가 널브러져 있었다. 플라스틱 소재의 서랍장과 선풍기, 옷상자, 이불 보따리 등도 눈에 띄었다. '남의 집에 자주 다니는 업자들은 대충 살림만 봐도 그 집 분위기며 사정을 안다던데. 지금 저 여자에게 우리 집은 어떻게 보일까?' 지수는 걱정했다. 하지만 한편으로는 '아무래도 상관없다' 싶었다. 이 집 전세 보증금 때문에 결국 수호가 세상을 떠났다는 사실에 비하면 남의 시선 따위 하나도 중요하지 않았다.

지수를 따라 안방에 도착한 도배사가 주위를 크게 둘러봤다. 각 벽면의 크기와 상태, 형광등과 콘센트 위치 등을 살피는 듯했다. 도배사의 시선이 문득 어느 한 점에 멈췄다. 얼마 전 소독과 건조를 마치고 새 석고보드를 댄 자리였다. 석고보드 자체는 새 거라 깨끗했지만 주변에 뜯긴 벽지가 지저분한 상태 그대로 남아 있었다. 여자가 정중하게 물었다.

—무슨 일이 있었습니까?

한국어 기초 회화 교재에 나올 법한 문어체 문장이었다. 지수가 '누수' 또는 '낙수'라 말하려다 좀 더 쉬운 단어로 답했다.

—저 위에서 물이 떨어졌어요.

여자가 심각한 표정을 지었다.

—빗방울처럼요?

지수는 그 표현이 좀 어색하게 느껴졌지만 순순히 고개를 끄덕였다. 며칠째 잠을 설친 데다 오늘도 새벽에 겨우 눈을 붙여 몇 시간 못 잔 상태였다.

—네. 빗방울처럼.

여자가 여전히 진지하게 물었다.

—다 해결됐습니까? 도배지 붙여도 됩니까?

'해결'이란 말에 문득 가슴이 어둑해졌으나 지수는 고개를 끄덕였다. 그러곤 주저하다 입을 열었다.

—저 죄송한데 그 전에 혹시 이것 좀 같이 옮겨주실 수 있나요?

지수는 지레 변명했다.

—남편이 장기 출장 중이라서요.

지금껏 지수가 만난 도배사는 대부분 "저희가 짐은 따로 안 옮겨 드립니다."라는 말로 일의 시작을 알렸다. 작업 전 업무 범위를 미리 못박아두는 거였다. 여자는 잠시 침묵했다. 속으로 거절할 명분을 찾는 건지 '장기'나 '출장'이란 말이 어려워 그러는지 알 수 없었다.

—남편이 어디 먼 데 가서요.

여자가 다소 방어적인 투로 물었다.

—이거 하나입니까?

두 사람은 안방의 원목 화장대 앞에 마주 섰다. 덮개 안쪽에 거울이 달린 여닫이식 화장대였다. 침대야 신혼 때부터 프레임 없는 매트리스를 써 혼자 옮기는 게 가능했지만 화장대만은 누군가 도와줘야 했다. 무게도 그렇거니와 잘못 옮겼다가는 안에 거울이 깨질 수 있어서였다.

—하나, 둘, 셋.

지수의 소극적인 신호에 맞춰 두 사람은 화장대를 들어올렸다. 그러곤 한 발 한 발 거실로 이동했다. 몇 발짝 움직이지 않았는데도 지수 등에 땀이 났다. 잠시 후 책장 앞에 화장대를 내려놓은 뒤 지수는 여자에게 짧은 감사 인사를 전했다. 여자는 "다른 건 없죠?"라고 물은 뒤 안방 쪽을 바라봤다.

—이제 도배 시작해도 됩니까?

그러곤 지수 눈에 어린 불신을 의식한 듯 한마디 덧붙였다.

—저 이거 오 년 했습니다. 걱정 마세요.

*

삼 년 전 이 집을 계약할 때 더 적극적이었던 사람은 지수였다. 지수는 공인중개사가 잠시 전화를 받으러 나간 사이 은성빌라 302호 거실에서 창밖을 보며 말했다.

—신축이라 깨끗하다. 밖에 풍경도 밝고. 당신 회사랑 좀 더 가까워지는 것도 좋은 것 같아.

입주 후에도 마찬가지였다. 이사 후 석 달이 지났을 즈음 두 사람은 신혼부부 특별 공급 청약에 당첨됐다. "경쟁률이 얼마나 높은데. 그게 되겠어?"라는 수호 말에 "그래도 한번 넣어 보자." 설득해 얻은 행운이었다. 당첨 사실을 확인한 날 지수는 들뜬 목소리로 말했다.

—여보, 이 집 기운이 좋은가 봐. 여기 오고부터 계속 좋은 일만 생기는 것 같아.

수호가 젊은 노동자 특유의 맑음과 피로가 공존하는 얼굴로 답했다.

—그런가?

—응. 여기 호수도 우리 결혼 기념일이랑 같잖아? 3월 2일. 아무래도 운명 같아.

지수는 동네 보습학원에서 논술 교사를 하다 관두고 독서 교실 방문 교사로 사 년째 일하는 중이었다. 그러고 곧 새 아파트의 방과 거실을 개조해 자기만의 독서 교실을 만들 계획이었다. 소득에는 큰 차이가 없지만 일의 자율성을 갖고 싶어서였다. 지수가 당첨된 아파트는 은성빌라에서 버스로 네 정거장 거리에 있었다. 지수는 거기 가림막이 세워졌을 때부터 아파트 단지가 완공될 때까지 공사 과정 대부분을 지켜봤다. 그리고 가끔은 휴대전화로 공사현장을 찍어 수호에게 보냈다.

—저기 8층 올라간 거 보여? 우리집이야.

지수는 그 많은 집 중 자기 집이 어디인지 단번에 찾아낼 수 있었다.

두 사람은 은성빌라에 머물며 차근차근 아파트 입주 준비를 했다. 아파트 계약금과 중도금, 잔금을 어떻게 나눠 낼지 고민하며 단계별 계획도 세웠다. 그런데 아파트 계약일을 코앞에 두고 등기부등본을 확인하다 이곳 집주인이 302호를 담보로 고액 대출을 받은 걸 알게 되었다. 이삿날 아침 확인했을 때만 해도 분명 아무 문제 없었는데 내용이 바뀐 거였다. 수호는 불길하고 어두운 얼굴로 등기부등본을 응시하다

집주인에게 전화했다. 하지만 아무리 연락해도 집주인은 전화를 받지 않았다. 문자 또는 음성메시지를 남겨도 마찬가지였다.

—여기 현관문 잠깐 열어놓겠습니다.

도배사가 안방 바닥에 넓은 비닐을 깐 뒤 밖에서 도배 장비를 들여왔다. 평형대처럼 생긴 알루미늄 기구를 비롯해 벽지와 풀, 플라스틱통 등이었다.

—이 벽지가 맞지요?

여자가 비닐에 싸인 미색 종이를 가리켰다. “실크 중에는 이게 제일 무난”하다는 사장 말에 샘플북을 더 넘겨보지도 않고 고른 거였다. 사실 지수는 그날 자신이 무슨 벽지를 택했는지조차 기억하지 못했다.

—네. 맞겠죠. 아니, 맞아요.

지수가 부엌 벽면에 걸린 둥근 원목 시계를 흘끔 바라봤다.

—언제 끝날까요?

여자가 허리에 양손을 얹었다.

—방 하나니까 점심 안에 끝납니다.

지수는 안도했다.

—그럼 됐네요. 제가 오후 4시에 수업이 있어서요.

도배사가 현관에서 작업화를 가져와 안방 비닐 위에서 다시 신은 뒤 허리에 공구띠를 둘렀다. 주머니가 여럿 달린 굵은 허리띠였다. 각 주머니에는 줄자와 커터칼, 도배솔과 망치 등이 들쭉날쭉 꽂혀 있었다. 여자가 그 중 커터칼을 뽑아 안방 벽지와 초배지를 벗겨내기 시작했다. 여자의 움직임에 따라 헐벗은 콘크리트 벽면이 차례로 드러났다. 사방에서 마른 풀과 먼지 냄새가 났다. 지수는 그 옆에 어정쩡하게 섰다 거실로 나왔다. 그러곤 평소 잘 보지도 않는 티브이를 켠 뒤 화면을 뉴스 채널에 고정하고 너무 크지도 작지도 않게 소리를 조정했다. 집에 이런저런 방문 기사가 올 때마다 하는 일이었다. '남은 수업 준비를 어디서 하지?' 지수는 고민했다. 부엌 식탁에서는 안방이 바로 보여 서로 부담스러울 듯했다. 그렇다고 지수의 공부방인 현관 앞의 방에 들어가자니 여자와 너무 멀어지는 듯했다. 그런데 그때 지수의 바지 주머니 안에서 휴대전화 진동음이 울려 지수는 문자 메시지를 확인했다.

—선생님, 그만두신지 몰랐어요. 인사도 제대로 드리지 못했는데 아쉬워요.

지수가 지도하는 학생 중 한 명이었다. 지수는 손가락을 바삐 놀려 답장을 보냈다.

—응. 갑자기 사정이 생겨서 이번 달까지만 하기로 했어. 선생님이 가족과 어디 멀리 여행을 떠나기로 했거든.

상대 아이가 귀엽게 울먹이는 표정의 이모티콘과 함께 '선생님, 그동안 정말 감사했어요. 보고 싶을 거예요.'라는 문자를 보내왔다.

—고마워, 아린아. 앞으로도 좋은 책 많이 읽고 건강하게 지내.

지수가 휴대전화를 다시 바지 주머니에 넣으며 집 안을 둘러봤다. 그러곤 '도배가 끝날 때까지 저기 화장대에서 마지막 수업을 준비해야겠다.' 생각했다. 마지막이라고 대충할 생각은 없었다. 그건 지수의 방식이 아니었다. 오늘 도배 또한 마찬가지였다. 지수는 그곳이 어디든 자신이 머물다 떠난 자리가 늘 단정하고 깨끗하길 바랐다.

*

집주인은 끝내 연락이 닿지 않았다. 지수와 수호는 동네 공인중개사를 찾아가 절박한 얼굴로 자초지종을 물었다. 중년의 공인중개사 사내는 애매하게 계속 말을 바꾸다 급기야 화를 내는 지수 부부 앞에서 책임을 회피하기 급급하더니 어느 순간부터 아예 사무실에 나오지 않았다. 두 사람은 어둡고 불안한 마음으로 하루하루를 보내며 은성빌라를 지켰다. 법률사무소 사무장 말마따나 "그래도 거기 계속 머무셔야 나중에라도 법적 권리가 생겨"서였다.

—그럼 저희 확정일자 받은 것도 소용없나요?

지수가 떨리는 목소리로 묻자 사무장은 건조하게 답했다.

—확정일자는 자정 이후 효력이 생기는 반면, 근저당권 설정은 등기를 접수한 순간 바로 적용돼서요. 아무래도 임대인이 그걸 알고 두 분 입주일에 대출을 받은 것 같습니다.

사무장과 삼십여 분의 대화를 마치고 상담료로 5만 원을 낸 뒤 두 사람은 법률사무소를 빠져나왔다. 그러곤 집으로 돌아가는 동안 둘 다 아무 말도 하지 않았다.

한동안 두 사람은 당첨된 아파트에 갈지 말지를 두고 말다툼을 벌였다. 지수는 조금 무리해서라도 새 아파트에 들어가고 싶었다. "지금이 아니면 다시는 못 들어갈 것 같아"서였다. 지수는 "우리도 세입자를 받아 그 보증금으로 다음을 고민해 보자."고 했다. "그러다 보면 무슨 방법이 생기지 않겠느냐"면서. 반면 수호는 고개 저으며 "지금 여기서 무리하게 대출을 또 받으면 원금과 이자 부담에 피가 마를 것 같다."고

했다. "게다가 이 집이 경매에 들어가기라도 하면 돈 한푼 못 받고 거리에 나앉게 될 거"라며 "너무 위험하다."고 했다. 두 사람은 결국 아파트를 포기했다. 그러고 몇 달 뒤 수호 말대로 법원에서 정말 경매 통지서가 날아왔다. 두 사람은 오래 고민하다 탈수 직전에 오염된 물을 마시는 기분으로 경매에 참여했다. 두 번의 유찰로 가격이 많이 낮아진 걸 보고 어렵게 내린 결정이었다. 이곳을 떠난들 더 나은 데로 간다는 보장도 없고 그사이 이미 지칠 대로 지친 까닭이었다. 경매장에서 은성빌라 302호를 낙찰받은 뒤 두 사람은 웃어야 할지 울어야 할지 모르는 얼굴로 서로를 쳐다봤다. 은행에 큰 빚을 지며 울며 겨자 먹기 식으로 떠안은 집이었다. 못 받은 전세 보증금까지 합하면 원래 집값의 두 배에 달하는 돈을 치른 셈이었다. 이들은 결국 자기들이 사기당한 집, 폐허 같고 악몽 같은 302호를 생애 '첫 집'으로 갖게 되었다. 어쩌면 마지막 보금자리가 될 수도 있는 집이었다.

수호는 은행 대출금과 이자를 갚기 위해 주말에도 쉬지 않고 대리기사로 일했다. 면허증과 스마트폰만 있으면 바로 시작할 수 있는 일이었다. 지수 또한 수업을 늘리고, 전세 사기 관련 기사를 수시로 검색하며 피해자 모임에 나갔다. 한

동안 둘은 이 상황을 어떻게든 돌파해 보려 애썼다. 그 과정에서 두 사람이 가장 많이 한 일은 무언가를 '기다린' 거였다. 더불어 두 사람은 세상에서 가장 힘든 일 중 하나가 무언가를 기약 없이 기다리는 일임을 알게 되었다. 지수와 수호는 점점 사소한 일로 다퉜다. 한번은 새벽 대리기사 일을 마치고 온 수호가 주머니에 영수증이 든 바지를 세탁 바구니에 그대로 던져놓았다. 짙은색 빨랫감만 따로 모아 두는 바구니였다. 다음 날 지수는 빨래를 널다 말고 짜증 섞인 한숨을 내쉬었다. 물속에서 잘게 분해된 영수증 찌꺼기가 모든 옷에 들러붙어 있어서였다. 아무리 세게 털어도 종이 먼지는 잘 떼어지지 않았고 그나마 옷에서 떨어져 나온 것들은 사방을 더럽혔다. 지수는 수호에게 버럭 화를 냈다.

—세탁물 넣기 전에 주머니 꼭 확인하라고 내가 몇 번을 말해. 그게 그렇게 어려워? 나한테 겨우 그 정도도 못 해 줘?

그러곤 그대로 거실 바닥에 주저앉아 아이처럼 엉엉 울었다.

그날 수호는 지수에게 사과한 뒤 새벽 대리운전을 나갔다. 그러곤 여느 때처럼 자동차 뒷좌석에 만취 손님을 태우고 새벽 운전을 했다. 수호는 그날 새벽 3시 무렵 교차로에서 신호가 바뀌길 기다리다 말 그대로 그 자리에 '멈춰' 버렸다. 수호가 탄 차가 도통 움직이지 않자 뒤에 차들이 연신 경보음을 울렸고, 결국 참다못해 밖으로 나온 택시기사가 수호 쪽으로 성큼성큼 다가갔다. 택시기사는 운전석에 쓰러진 수호를 보고는 급히 구급차를 불렀다. 하지만 수호는 그 뒤로 눈을 뜨지 못했다. 병원에서 밝힌 사인은 과로와 스트레스로 인한 심근경색이었다.

병원에서 건넨 유품 중에는 지수가 칠 년 전 수호에게 선물한 검정색 가죽 지갑도 있었다. 당시에는 왠지 두렵고 경황이 없어 그냥 뒀는데, 수호 장례를 치르고 얼마 뒤 안의 내용물을 확인했다. 지갑 안에는 체크카드 한 장과 신용카드 한 장, 현금 만 5천 원과 여러 장의 명함이 들어 있었다. 주로 한 번 보고는 못 본 승객들의 명함이었다. 더불어 현금 칸에서 얇은 종이 한 장이 나왔는데, 사고 당일 수호가 뭔가 결제한 영수증이었다. 영수증 위에는 '01:43'이라는 시간과 '심야분식, 짜장면 1개, 3500원'이라는 글자가 희미하게 박혀 있었다. 수호가 생애 마지막으로 먹은 음식이었다.

*

지수가 집에 천장 누수를 발견한 건 수호의 사십구재를 막 치른 무렵이었다. 그밤, 지수는 여느 때처럼 침대에서 뒤척이다 수호가 늘 눕던 방향으로 자세를 틀었다. 그러곤 수호의 베개에 얼굴을 가까이 대고 깊은 숨을 들이마셨다. 수호는 이제 여기 없는데. 이상하게 수호 쪽으로 몸을 뻗어 더 넓게 자고 싶은 생각이 안 났다. 그런데 그날 지수는 문득 이상한 기운을 느꼈다. 자기 말고도 어떤 존재가 방에 있는 듯한 느낌이었다. 지수는 긴장한 채 휴대전화 불빛을 이용해 주위를 조심스레 비췄다. 하지만 사방은 어둡고 고요하기만 했다. 얼마 뒤 지수가 휴대전화를 막 거두려는 순간 저기 침대 발치에 낯선 물체가 보였다. 웬 짐승의 배처럼 희고 불룩한 무엇이었다. 지수가 자리에서 일어나 바로 형광등을 켰다. 그러곤 문제의 장소로 다가갔다. 천장에 세숫대야만 한 크기의 타원형 물체가 아래로 축 늘어진 게 보였다. 심지어 조금 움직이는 것도 같았다. 지수가 고개 들어 천장을 빤히 바라봤다. 그러곤 놀란 눈으로 혼잣말을 했다.

—저게 뭐지?

며칠 뒤 지수 집에 온 준오도 똑같은 반응을 보였다.

—저거 뭐야?

지수는 대수롭지 않게 답했다.

—천장에 물이 찬 것 같아.

준오는 미간을 찌푸렸다.

—얼마나 됐는데?

—모르겠어.

—모른다고?

—처음 발견하고 일주일 정도 됐을까?

—그런데?

—뭐가?

—그런데 지금껏 그냥 놔뒀다고?

지수는 잠시 침묵했다.

—그러게. 나도 내가 왜 저걸 쳐다만 보고 있는지 모르겠다.

준오는 살짝 짜증을 냈다.

—왜 그래, 누나.

지수는 변명했다.

—위층에 몇 번 올라가 봤는데 아무도 없더라고.

준오가 급기야 언성을 높였다.

—그래도 빨리 수습했어야지. 자다가 물벼락이라도 맞으

면 어쩌려 그래. 더구나 형광등 옆이잖아!

지수와 준오는 두 살 터울로 고등학생 때 사고로 부모님을 여읜 뒤 서로를 '본가'라 여기며 의지해 온 사이였다. 특히 준오가 지수를 많이 따랐다. 수호 장례식 때 지수의 옆을 지키며 궂은일을 도맡아 한 사람도 준오였다. 이날도 준오는 천장의 물주머니를 보자마자 주저없이 위층으로 올라갔다. 그러곤 연거푸 초인종을 눌렀다. 안에서는 아무 기척이 없었다. 할 수 없이 준오는 402호 현관에 쪽지를 붙여두고 지수에게 돌아왔다. 그러곤 "급한 대로 일단 저기 물부터 빼자." 했다. 머릿속에 '전 집주인에게 먼저 연락해야 하지 않나?'는 생각이 스쳐 갔지만 지수는 이내 헛웃음을 지었다. 전화번호도 바꾸고 지금 어디에서 무얼 하는지도 모르는 상대와 무슨 대화를 나누나 싶어서였다. 게다가 이제 이 집은 지수 집이었다. 준오가 주위를 둘러보다 누수 지점 아래 화장대 의자를 놨다. 그러곤 바지 뒷주머니에 커터칼을 꽂고, 어느새 욕실에서 가져온 세숫대야를 한 손에 든 채 의자에 올라섰다. 준오는 벽지에 구멍을 낸 뒤 재빨리 그 아래 대야를 받쳤다. 이윽고 불룩한 물체에서 누런 물이 악취를 풍기며 줄줄 새어 나왔다. 양손에 대야를 든 준오가 숨을 참으며 고개를 옆으로 돌렸다.

얼마 뒤 물이 거의 다 빠지자 준오는 "내친김에 천장도 열어보자."고 했다. "상황을 미리 파악해 두면 위층과 싸울 때 도움이 될 거"라면서. 그런 뒤 지수의 동의를 얻어 드라이버로 젖은 석고보드 일부를 떼어냈다. 이윽고 두 사람의 머리 위로 관뚜껑만 한 크기의 검은 구멍이 드러났다. 지수가 고개를 들어 그 어둠을 응시했다.

—저기, 보인다. 물방울.

준오가 고개를 뒤로 꺾은 채 천장 안쪽의 콘크리트면을 가리켰다. 십자 철골 너머 콘크리트에 여러 개의 물방울이 송글송글 맺혀 있었다. 하나당 강낭콩만 한 크기의 물방울들이었다. 벽지와 석고보드가 사라지자 물방울은 바닥으로 바로 낙하했다.

툭—

툭툭—

투두둑—

—혹시 안 쓰는 우산 있어?

준오의 물음에 지수가 신발장에서 낡은 장우산 하나를 꺼내 왔다. 언젠가 동네 편의점에서 산 4천 원짜리 투명 우산이었다. 준오는 우산 꼭지 옆에 송곳으로 작은 구멍을 냈다. 그러곤 우산을 활짝 펴 십자 철골 아래 거꾸로 매달았다. 누가 보면 설치미술로 오해할 만한 풍경이었다. 준오는 그 아래 세숫대야를 놨다. 투명 우산은 깔대기 역할을 하며 물방울을 한 곳으로 모았다. 물방울들은 우산 꼭지 주위에 얼마간 고여 있다 대야 안으로 정확히 떨어졌다.

—누전될지 모르니 당분간 여기 불 켜지 말고.

준오는 지수를 걱정스레 쳐다봤다.

—혹시 불편하면 우리 집에 와 있을래?

지수는 침묵하다 고개 저었다.

—아니야. 여기 물 찰 텐데 계속 비워 내야지.

*

준오가 다녀간 그날 지수는 잠자리를 거실로 옮겼다. 그러고 하루 두 번 대야에 찬 물을 버렸다. 낙숫물 소리는 묘한 존재감을 드러내며 302호 전체를 채워나갔다. 지수는 그 소리에 종일 노출됐다. 안방 문을 닫아도 마찬가지였다.

툭—

툭툭—

투두둑 툭—

어둠 속에서 지수는 물소리에 집중했다. 그러곤 지금껏 늘 그랬듯 그때까지 백 번도 더 한 생각을 한 번 더 했다. '그때 내가 이 집을 고집하지 않았더라면. 그때 내가 창밖의 초록을 그토록 마음에 들어 하지 않았더라면. 그때 우리가 이 집 말고 다른 집을 먼저 만났더라면. 그날 날씨가 그렇게 화창하지 않았더라면' 하는. 그날 공인중개사는 "이 집을 마음에 들어 한 다른 부부가 오늘 오후 가계약 여부를 알려주기로 했"다며 두 사람을 초조하게 만들었다. 그러곤 "여기 집주인이 건물도 많고 신용이 확실한 분이니 걱정 마시라."고 했다. 공인중개사 말이니까. 말 그대로 국가가 인증한 사람이 보증하는 곳이니까 괜찮으리라 믿은 자신이 원망스러웠다. '그러지 않았다면 수호는 지금 내 옆에 있을 텐데. 우리는 지금과 전혀 다른 삶을 살았을 텐데' 하는 후회가 밀려왔다. 한 번도 스스로 입 밖에 내본 적은 없지만 지수는 수호가 자신 때문에 죽었다고 생각했다. 이 집이 좋다고 한 사람도, 이 집에 살자고 한 사람도 자기였기 때문이다.

수호를 떠나보낸 뒤 지수는 버스에서 목적지를 지나치는 일이 많았다. 수업 일을 착각해 애먼 집에 초인종을 누르는가 하면, 넋 놓고 있다 동료들의 농담을 혼자서만 못 알아들었다. 독서 교실 지부장은 지수 남편이 급사한 걸 알았지만 자세한 사정까지는 몰랐다. 지수가 전세 사기 당한 사실을 주위에 알리지 않아서였다. 그래서 한날 지부장이 티브이 뉴스를 보다 "바보같이 저런 걸 왜 당하지?"라고 했을 때 아무 말도 하지 못했다. 그동안 지수를 가장 괴롭힌 말도, 스스로를 끝없이 질책하게 만든 말도 바로 그 말이었기 때문이다. 제도의 허점을 교묘히 이용해 누구든 당할 수 있고, 정말 많은 사람이 당한 일인데도 그랬다. 실제로 지수가 아는 피해자 중에는 사회생활 경험이 풍부한 오십 대 공기업 직원도 있었다.

수업을 마치고 집으로 돌아갈 때면 마을버스가 개천을 끼고 새 아파트 단지 앞을 지나갔다. 지수는 자기도 모르게 그 앞에서 늘 아파트 반대쪽으로 고개를 돌렸다. 그러곤 동네 버스 정류장에 내려 은성빌라를 향해 천천히 걸어갔다. 그럴 때면 꼭 주위에 맑은 얼굴로 저녁 산책을 나온 이들이 보였다. 지수는 '저 사람들 어쩌면 저렇게 자기 삶을 조금도 의

심하지 않는 얼굴로 거리를 누빌 수 있지?' 어리둥절해 했다. '어떻게 저렇게 태연하게 오늘을 믿고, 내일을 기대하며 지낼 수 있지?' 동네 전봇대와 의류 수거함에는 '급전 빌려드립니다. 신용불량자 환영. 당일 대출 가능. 여성 우대' 등의 전단지가 다닥다닥 붙어 있었다. 그럴 땐 은성빌라의 불 꺼진 창이 네모난 입을 벌리며 일제히 비명을 지르는 것처럼 보였다. 지수는 귀가 때마다 멀리서부터 302호를 올려다보며 '저 집에 다시 들어가고 싶지 않다' 생각했다. 하지만 그곳 말고는 달리 갈 데가 없었다.

툭—

툭툭—

투두둑—

물소리는 며칠 동안 계속됐다. 급기야는 점점 더 커지는 듯했다. 지수는 종종 자신이 물방울이 되어 어디론가 낙하하는 꿈을 꿨다. 그런 날에는 실제로 온몸이 아팠다. 그러고 열흘쯤 지났을까. 지수는 하루종일 지속되는 물소리에 어느 순간 살짝 미칠 것 같은 기분이 들었다. '위층 남자는 왜 여태 연락이 없지? 정말 저기 살기는 하는 걸까? 우편함에 뭐가 계속 오던데. 나는 저걸 대체 언제까지 바라보고 있어야 하지? 나는 왜 계속 기다려야만 하지?' 그러다 보면 천장에서 떨어지는 물방울이 단순한 낙숫물이 아닌 누군가의 고름 혹은 눈물처럼 느껴졌다. 동시에 그 소리는 지수에게 어떤 요구 혹은 회유를 하는 듯했다. 처음에는 그냥 무시하려 했는데 그 요구를 계속 듣다 보니 어느새 설득당한 기분이었다.

톡—

해

투두둑 톡—

할 수 있어

톡톡—

그럼 끝나

그 뒤 어느 순간부터 지수의 눈이 차분하게 빛났다. 그간 고민해 온 문제에 어떤 답을 얻은 얼굴이었다. 지수는 자신이 이 집 말고도 갈 데가 있음을 깨달았다. 거기 수호가 있다는 것도. 다시는 못 볼 줄 알았는데 만날 방법이 있다는 데 작은 기쁨마저 일었다. 그 뒤 지수는 주머니 속에 '그래, 그래도 돼.'라는 말을 공깃돌마냥 넣고 다녔다. 그러곤 틈날 때마다 그 말을 자주 만지작거렸다. 한번 그런 생각이 들자 반대로 그러지 않을 이유를 찾기가 어려웠다.

지수는 주변을 천천히 정리해 가기 시작했다. 비장할 것도 서글플 것도 없이 차분하고 사무적인 태도로 밀린 공과금은 없는지 살피고, 이 집 정리에 필요한 계약서며 서류를 따로 모아 준오가 찾기 쉬운 곳에 묶어 뒀다. 오늘 안방 도배도 그런 과정 중 하나였다. 지수는 이곳이 물에 잠기든 말든 사실 상관없었지만 한편으로는 이웃에게 피해를 주고 싶지 않았다. 아래층 202호에 젊은 부부와 갓 태어난 아기가 사는 걸 알아서였다. 더불어 준오가 다시 여기 왔을 때 이 집이 너무 더럽거나 무섭게 느껴지지 않기를 바랐다. 그것 말고는 동생에게 별로 남길 것이 없음을 알고 지수는 준오에게 미안한 마음이 들었다.

누수 원인은 결국 위층 보일러 배관 문제로 밝혀졌다. 뒤늦게 현관의 쪽지를 보고 찾아온 402호 남자는 지수에게 자신이 보름간 C시의 건설 현장에 있었다며 '어젯밤에 돌아왔다.'고 했다. 그런 뒤 누수 문제를 공유하는 내내 방어적이고 신경질적인 반응을 보였다. 남자는 진지한 대화 상대로 자꾸 지수가 아닌 지수의 남편을 찾았고, 지수 들으라는 듯 휴대전화 속 누군가에게 고함을 치거나 상욕을 하며 기싸움을 벌였다. 그런데 신기하게도 어느 순간 남자가 갑자기 협조적인 태도를 보였다. 남자는 순순히 누수 원인을 인정하고, 공사 일정을 의논하며 "그쪽은 요 앞에 지물포가게에서 벽지만 고르시면 된다."고 했다. "사장한테는 내가 다 말해 놨다."면서. 지수는 어리둥절했다. '어디서 무슨 얘기를 들었나? 내가 남편 잃은 여자라고. 게다가 전세 사기를 당했다고 나를 동정하는 걸까? 아니야, 그저 문제의 책임을 지려는 것뿐일 거야.' 그런데 한날 401호 아주머니가 1층 우편함 앞에서 지수에게 알은체를 했다.

—잘 해결됐죠?

401호 아주머니는 은성빌라를 대표해 공금을 걷고 계단 청소와 정화조 관리 등을 도맡아 해결해 온 분이었다. 대신 자신은 공금의 십 퍼센트가량을 늘 덜 냈다.

—네? 뭐가요?

401호 아주머니가 두 눈에 묘한 자부심과 부드러움을 담아 말했다.

—천장 물 새는 거. 402호 아저씨가 잘 협조해 줬죠?

그러곤 한 손으로 지수의 등을 가만히 쓰다듬었다.

*

지수가 부엌으로 나와 물을 마시며 수호 방을 바라봤다. 수호가 떠난 뒤 방문을 꼭 닫아놓는 것도 그렇고, 그렇다고 활짝 열어두는 것도 무서워 항상 십오 도 정도만 살짝 열어 두는 방이었다. 이 집에 온 뒤로 수호는 난생처음 자기 방을 갖는다며 좋아했다. 하지만 아기가 태어나면 이 방도 양보할 거라고 했다. 이제 이 집에는 수호도, 아기도, 약속도, 기대도 없었다. 지수는 시선을 돌려 안방에서 한창 작업 중인 도배사를 바라봤다. 여자는 풀 먹인 벽지를 뒤집어쓰듯 양팔로 높이 든 채 알루미늄 판에 올라서 있었다. 그러곤 두 팔을 뻗은 채 한 발 한 발 앞으로 이동하며 천장에 벽지를 밀착시켰다.

―혹시 커피 드릴까요?

지수의 물음에 여자가 고개 돌려 큰 소리로 답했다.

―네, 부탁 드리겠습니다.

잠시 후 도배사가 장갑과 방진 마스크를 벗으며 부엌 쪽으로 걸어 나왔다. 여자의 젖은 이마에 머리카락 몇 올이 들러붙어 있었다. 지수가 얼음 띄운 믹스커피를 건네자 여자는 고개를 뒤로 젖히며 음료를 벌컥벌컥 들이켰다. 입가에 선명한 팔자주름과 목 뒤에 붙인 사각 파스가 눈에 띄었다.

—한 잔 더 드릴까요?

여자가 사양하며 손등으로 입을 닦았다. 그러곤 상대의 호의에 보답하듯 새삼 302호를 칭찬했다.

—집에 책이 많습니다.

지수가 담담하게 응했다.

—다 애들 책이에요.

—애들이요?

—아, 제 아이 말고 학생들이요.

여자가 '아' 하고 짧게 반응했다. 사실 이 집에 들어오고 얼마간 지수도 아이를 가지려 노력했다. 신혼 초에는 수호가 그 주제를 꺼낼 때마다 농담하며 회피했는데, '곧 우리집이 생기면' 하는 기대가 생기고부터 지수도 결심을 굳혔다. 그러다 그 혼란스러운 와중에 잠시 생리가 끊겨 조금은 반가웠는데, 알고 보니 임신이 아닌 지나친 스트레스로 인한 생리 중단이었다.

—아이가 있으신가요?

여자가 밝은 표정으로 답했다.

—네. 두 명 있습니다.

지수는 그동안 여러 학부모를 대해 온 기술로 부드럽게 대화를 이어나갔다.

—좋으시겠어요.

여자가 마치 이 순간을 기다렸다는 듯이 재빨리 대꾸했다.

—무자식이 상팔자지요.

여자의 뜻밖의 말에 지수가 자기도 모르게 큰 소리로 웃음을 터트렸다. 지수는 그런 스스로에게 좀 놀랐다. 그걸 본 여자의 얼굴에 작은 자부심이 스쳤다. 아마 다른 데서도 여러 번 성공한 농담인 듯했다. 여자의 자신감 밴 말투에서 지수는 확신할 수 있었다. '아마 여자의 농담을 들은 많은 한국인들이 "그런 것도 아느냐?"며 갑자기 부드럽고 개방적인 표정을 지었을 거다. 그러곤 웃으며 더 친절하게 대해 줬겠지. 나 역시 몇몇 학생들에게 그래 온 것처럼.' 지수는 이민자 혹은 혼혈 아이들을 위해 이국의 속담이나 동화, 노래 등을 요령껏 준비해 교재로 가져가곤 했다.

—한국 속담을 다 아시네요?

지수는 교육자답게 앞에 자신이 한 말을 점검했다.

—아, 속담이 무슨 말인지 아시나요?

여자가 의기양양한 투로 답했다.

—비는 한 집 위에서만 내리는 게 아니다.

여자의 팔자주름 위로 작은 미소가 어렸다.

—카메룬 속담입니다. 내 친구가 알려줬어요. 한글 학교 친구입니다.

지수는 여자를 따라 미소 지었다.

—좋은 친구네요.

여자가 어깨를 으쓱거렸다.

—꼭 그렇지만은 않습니다.

—왜요?

—만나면 돈을 잘 안 냅니다.

지수가 자기도 모르게 피식 웃었다.

—그래도 웃기는 친구입니다. 만나면 재밌습니다.

지수가 자연스레 친구 관련 한국 속담을 내뱉었다.

—저승길도 혼자보다는 둘이 나으니까요.

여자가 눈을 둥그렇게 떴다.

—저승?

—아, 저세상이요.

—저세?

지수는 문득 자신이 부적절한 말을 했음을 깨닫고 말을 돌렸다.

—아, 아무것도 아니에요.

잠시 어색한 침묵이 흘렀다.

눈치 빠른 여자가 자리를 정리했다.

—커피 잘 마셨습니다.

여자가 한 손으로 현관 옆 화장실을 가리켰다.

—저 잠깐 화장실 써도 됩니까?

여자는 화장실로 들어가기 전 그 옆 벽면에 걸린 액자를 무심코 바라봤다. 성인 손바닥만 한 크기의 나무 액자였다. 그 안에는 지수와 수호가 어깨동무를 한 채 볼을 맞댄 사진이 들어 있었다. 지금보다 훨씬 젊은 두 사람이 '앞으로의 삶을 믿어 의심치 않는' 얼굴로 함박 웃는 사진이었다. 여자가 안방으로 돌아가고 얼마 안 돼 지수도 화장실을 이용했다. 그러곤 자연스레 손을 씻고 나오는 척하며 그 액자를 뒤로 뒤집었다. 동시에 안방에서 휴대전화 벨소리가 들려왔다. 지수가 한 번도 접해 본 적 없는 이국풍 멜로디였다. 곧이어 안방에서 낯선 비음과 억양이 섞인 말소리가 새어 나왔다. '마미'라는 단어가 자주 나오는 걸로 보아 고향 엄마인 듯했다. 지수는 곧 여자가 하는 말이 타갈로그어임을 알아챘다. 대학 때 호텔 아르바이트를 하며 객실 팀의 필리핀 여성들과 함께 생활한 적이 있어서였다. 게다가 지금 지수가 가르치는 학생

중에도 필리핀 혼혈 학생이 있었다. 여자는 먼 곳에 상대를 어르고 타이르는 투로 뭐라 얘기했다. 하지만 통화는 금방 끊겼다. 여자가 작업 중이라 그런지, 국제전화라 그런지 알 수 없었다. 곧이어 같은 벨소리가 또 들렸다.

—응. 왜?

여자의 입에서 지금껏 들어 본 어떤 말보다 자연스러운 한국말이 튀어나왔다. 수화기 너머의 상대가 굉장히 편안하고 친밀한 사람인 듯했다. 여자는 살짝 목소리를 낮췄지만 지수 귀에는 통화 내용이 고스란히 들어왔다.

—떡볶이? 응. 엄마가 이따 사 갈게. 언니랑 싸우지 말고 잘 놀고 있어.

남의 대화를 엿들으면 안 될 듯해 지수는 다시 화장대로 돌아가 교재에 집중했다. 하지만 그 뒤에 이어진 여자의 단호한 말투가 지수의 호기심을 자극했다.

—안 돼.

무슨 일인지 여자는 더 엄한 목소리를 냈다.

—안 된다고 했지?

지수는 교재 한 귀퉁이에 연필로 무의미한 선을 그렸다. 그러자 문득 수호를 화장할 때 수호의 어머니가 화구로 들어가는 아들을 보며 "안 돼, 안 돼!" 하고 오열한 기억이 났다. 장례 기간 내내 끝내 자기 손을 한 번도 잡아주지 않았던 것도.

—아린이 너 지난번에도 엄마 지갑에서 돈 꺼내 갔지? 엄마가 모를 줄 알아? 그런데 또 무슨 용돈이야. 친구? 나가든 말든 네가 알아서 해.

지수가 연필 쥔 손을 문득 멈췄다. 그러곤 '아린이?' 하고 반문했다. 자기가 아는 아린이와 혹시 같은 아이인가 싶어서였다. '그러고 보니 아린이 어머니도 필리핀 사람이라 했던 것 같은데.' 지수는 당혹스러운 표정을 지었다. 아린이 흔한 이름도 아니고 그 애가 사는 동네 또한 여기서 멀지 않아서였다.

여자는 통화를 마친 뒤 남은 작업을 이어갔다. 안방에서 '끙' 하는 한숨과 작은 기합 소리가 났다. 오후 수업에 쓸 교재를 앞에 두고도 지수는 그 내용에 잘 집중하지 못했다. 아린이는 일대일 수업이 아닌 모둠 수업 때 만난 아이였다. 교실에 예닐곱 명 정도의 아이들을 모아 독후 활동을 하는 수업이었다. 여느 학급이 그렇듯 아이들의 성격은 다양했다. 수줍음이 많은 아이에서부터 항상 까부는 아이, 숙제를 잘 안 해 오는 아이, 자주 지각하는 아이 등 다채로웠다. 그 중 아린이를 한마디로 표현하자면 아린이는 '친구들에게 뭘 자꾸 사

주려고 하는 아이'였다. 아니, 친구뿐 아니라 선생에게도. "나 오늘 수업 끝나고 떡볶이 먹으러 갈 건데 너네도 갈래? 내가 살게. 응? 갈래?"라고 자꾸 묻는 아이. 지수 또한 아린이로부터 작은 사탕이나 과자, 음료수를 자주 받았다. 입성을 보면 집이 그렇게 여유로운 것 같지는 않은데 돈이 어디서 나는지 알 수 없었다. 처음에는 "고마워, 아린아. 잘 먹을게."라고 했던 지수도 차츰 부담과 곤란을 느꼈다. 하지만 아린이는 얼마 전 스승의 날에 지수에게 유일하게 카네이션과 쿠키를 건넨 학생이었다. 자신은 그저 '교육 서비스 제공자'일 뿐이라며 스스로를 한 번도 '스승'이라 여긴 적 없는 지수는 아린이 건넨 그 꽃 한송이와 편지에 내심 감동했다. 그런데 순간 교실 분위기가 일순 어색해지며 다른 학생들이 아린이를 못마땅하게 쳐다보는 게 느껴졌다. 그 냉기를 감지한 지수는 아린이에게 "선생님은 너희에게 이런 거 안 받아도 괜찮아."라고 했다. 그러곤 집에 와 바로 후회했다. '그냥 고맙다고 할 걸 굳이 왜 그렇게 답했을까. 왜 아린이가 아니라 다른 애들 눈치를 봤을까.' 싶어서였다. 그날 일을 떠올리자 지수는 방금 도배사의 통화 내용이 심상치 않게 다가왔다. 지수가 안방 쪽을 한참 쳐다보다 이내 '아니겠지.' 하고 고개 저었다.

*

―다 됐습니다.

도배사가 안방에서 대형쓰레기 봉투와 작업화를 들고 나왔다. 지수는 도배사의 눈치를 살폈다. 도배사는 지수를 처음 만났을 때와 마찬가지로 아무것도 모르는 표정이었다.

―확인해 보세요.

지수는 "잘해 주셨겠죠."라고 답한 뒤 안방으로 가 형식적으로 주위를 살폈다. 벽 이음매도 깔끔하고 벽면에 주름 하나 없었다. 지수는 휴대전화로 지물포가게에 도배비를 부친 뒤 여자에게 송금 화면을 보여 줬다. 여자는 송금 액수를 주의 깊게 본 뒤 알겠다고 답했다. 그러곤 302호를 떠나기 전 지수에게 말했다.

―풀이 완전히 마르려면 일주일 정도 걸릴 겁니다.

지수가 '그때까지 내가 여기 있을까?' 자문하며 고개를 끄덕였다.

―보일러를 잘 틀어 주세요. 속까지 완전히 마르려면 일주일입니다.

지수가 맥없이 고개를 끄덕인 뒤 낮게 가라앉은 목소리로 말했다.

—도배 깨끗이 해 주셔서 감사합니다.

그러곤 머뭇대다 한마디 더 보탰다.

—남편이 돌아오면 좋아할 거예요.

여자가 지수의 눈을 가만 바라봤다. 그러곤 알 듯 말 듯 묘한 표정을 짓다 정중한 목인사를 건넸다.

—네, 이만 가 보겠습니다, 선생님.

삐리릭— 현관문이 닫히고 도어락 잠기는 소리가 났다. 지수는 잠시 그 자리에 멍하니 서 있었다. '선생님?' 관습적인 호칭임을 알면서도 이상한 기분을 떨칠 수 없었다. '여자가 처음에 나를 어떻게 불렀더라? 사모님이라 했나? 아니, 한 번도 호칭을 붙인 적이 없는 것 같은데.' 그러다 지수는 '이제 다시 못 볼 사람인데 뭐 어때.'라고 생각했다. '떠나면 모든 게 끝인데.' 하고. 지수가 복잡한 얼굴로 안방을 향해 천천히 걸어갔다. 그러곤 문제의 누수 지점으로 가 다시 고개 들어 천장을 올려다봤다. 누수 흔적이 거짓말처럼 사라진 자리에 실크 벽지가 말끔이 덧대어져 있었다. 문제가 해결됐는데 그 어떤 개운함도 안도감도 들지 않았다. 대신 뜻밖의 상실감이 밀려왔다.

'됐어. 나는 내 할 일을 한 거야. 그리고 이제 다른 걸 마치

면 돼.'

그런데 순간 지수 귓가에 다시 익숙한 소리가 들려왔다.

툭—

툭툭—

투두둑 툭—

이제 이곳에 더이상 물혹 따위는 없는데 이상하다.

툭—

투둑 투둑—

투둑—

물방울 소리는 점점 커져 지수의 머릿속을 꽉 채웠다. 그런데 그게 전과는 조금 다르게 들렸다. 마치 누군가 자신에게 말을 거는 듯한 느낌이었다.

툭—

안 돼

투두둑—

하지 마

투둑 투둑—

안 돼

툭—

살아

낯선 기운에 지수가 뒤돌아 수호 방을 바라봤다. 수호의 방문이 다른 때와 달리 활짝 열려 있었다. '저게 언제 열렸지? 도배사가 열어 둔 건가? 대체 왜?' 그걸 보자 문득 아침에 여자가 이곳 천장을 보고 했던 말, 한국어가 모어가 아닌 이가 건넨 정중한 문장이라서 한국의 그 어떤 행정 언어나 법률 언어보다 더 정직하고 따뜻하게 다가왔던 말이 떠올랐다.

'무슨 일이 있었습니까?'

그제야 지수는 자신이 그동안 누군가로부터 그 말을 얼마나 듣고 싶어 했는지 깨달았다. 더불어 그 대답 또한 얼마나 기다렸는지. '하지만 그런 일은 이제 일어나지 않을 테지. 지금까지 일어나지 않은 걸 보면.' 지수가 절망적인 얼굴로 뭔가 결심한 듯 두 눈을 꼭 감았다. 그러자 어디선가 방금 전 낙숫물에 섞인 목소리가 다시 들려왔다. 안 된다고, 그러지 말라고, 부디 살라고 얘기하는 물소리가. 마치 누군가 이 집에 일부러 흘리고 간 단어마냥. 툭툭. 지수의 두 뺨 위로 빗방울 같은 눈물이 뚝뚝 흘러내렸다.

김애란

한국예술종합학교 연극원 극작과를 졸업했다. 소설집 『달려라, 아비』, 『침이 고인다』, 『비행운』, 『바깥은 여름』, 장편 소설 『두근두근 내 인생』, 『이중 하나는 거짓말』, 산문집 『잊기 좋은 이름』이 있다. '한국일보문학상', '이효석문학상', '오늘의 젊은 예술가상', '신동엽창작상', '김유정문학상', '젊은작가상 대상', '한무숙문학상', '이상문학상', '동인문학상', '오영수문학상', '최인호청년문화상' 등을 수상했고, 『달려라, 아비』 프랑스어판이 프랑스 비평가와 기자들이 선정하는 '리나페르쉬 상(Prix de l'inaperçu)'을 받았다.

작가의 말

주제를 받고 한동안 길을 헤맸습니다. 목적지는 이미 알았으나 거기까지 가는 방법이 떠오르지 않아서였습니다. 왠지 이런 기획에는 교훈적이되 투박하지 않고 이성적이되 울림 있는 이야기를 써야 할 것 같았으니까요.

처음에는 제 몸에 밴 관성대로 단편 안에 어떤 '타자'를 등장시켜 깨달음을 주려 했습니다. 그러다 제가 그런 이야기 앞에서 계속 뭔가 의심하고 있음을 알아챘습니다. 실제로 이 원고에 쓰려다 지운 문장 중에는 이런 게 있었습니다.

—어느 날 갑자기 우리 앞에 등장해 깨달음을 주는 존재. 보통은 어린아이나 동물, 외국인의 모습으로 나타나는 현인. 타자란 그런 것이 아니다.

그러나 막상 저 문장에 기대 서사를 끌고 가려다 보니 '도배사'의 몫이 사라져 이야기의 힘 자체가 약해졌습니다. 작가로서 이중 구속을 받는 느낌이었습니다.

그러다 긴 헤맴 끝에 저를 구해 준 건 이 소설 안에서 도배사가 하는 우스갯소리 한 줄이었습니다. 농담. 말 그대로 보석 같은 어떤 농담이었지요. 계몽도 당위도 아닌 인간의 말. 그저 그 장면에서 자연스레 흘러나오는 우리 일상의 말이었고요. 그 대사를 쓰고 나서 저는 비로소 먼 길을 돌아 이 책의 첫 주제에 조금은 가까이 다가선 기분이었습니다.

앞으로도 저 말, 인간의 말과 농담의 힘을 기억하려 합니다. 아직 태어나지 않은 제 소설 속 인물들과도 그렇게 계속 만나려 합니다.

머리 위의 달

The Moon Above His Head

홍한별 옮김

얀 마텔

나는 스키 활강이 좋았던 적이 없다. 스키 타는 사람의 노역은 시시포스의 그것과 다를 바 없다. 무의미하게 산비탈을 올라갔다가 다시 내려온다는 점에서. 스키는 재미로 타는 것이기 때문에 고귀한 비극적 감정마저 경박함의 제단에 바쳐지고 만다는 점만 다르다. 그것도 얼어붙을 듯 추운 날 그러고 있어야 한다니. 스키를 타자면 내가 바윗덩이처럼 울적해지는 것도 그럴 만하다. 하지만 내 아내는 스키를 사랑하고 나는 아내를 사랑하고 아내는 해마다 친구들과 같이 가는 스키 여행을 잔뜩 기대한다. 그래서 안락하고 창조적인 일상을 중단하고, 뒷마당에 있는 내 작업실을 걸어 잠그고, 집필 중인 책은 잠시 보류해 놓고, 일주일 동안 로키산맥에서 스키 타기를 견뎌야 했다.

사흘째 날, 아내의 춥고 즐거운 극기 훈련장에서 몇 시간 놓여날 수 있게 되어서, 아내와 친구들에게 손을 흔들고 상

그릴라라는 이름의 카페로 피신했다. 이 카페는 꼭대기 리프트 정거장 바로 아래의 절벽에 있어, 리조트에서 가장 고도가 높은 휴식 공간이었다. 테라스에서 내려다보는 전망이 수려했고 커피와 샌드위치는 그럭저럭 괜찮았다. 나는 따뜻하고 볕이 잘 드는 자리를 잡고 책 한 권을 들고 읽다가 이따금 산지 풍광을 즐겼다.

그 자리에서, 믿기지 않게도, 압디카림 게디 하시의 이야기를 두 번째로 들었다.

나는 책을 읽고 있었다. 스키 타는 사람 한 무리가 내 옆 테이블에 앉았다. 왁자지껄한 젊은이들이었다. 나는 별 관심을 주지 않고 있었는데, 한 젊은 남자가 이렇게 말하는 게 들렸다.

"밤새 똥통에 갇혀 있었던 남자 이야기 들었어?"

친구들은 웃기는 이야기를 시작하려는 줄 아는 것 같았다. 나는 귀를 쫑긋 세웠다.

"아냐, 농담 아냐." 젊은이가 말을 이었다. "이틀 전에 어떤 남자가 변기 구멍에 빠져서 거기 밤새 갇혀 있었대."

다들 말도 안 된다며 웃음을 터뜨렸다.

"정말 농담 아니라니까. 구멍으로 쑥 빠져서 밤새 정화조 안에 있었어."

비명과 웃음이 터졌다.

"어디서 그랬는데?" 못 믿겠다는 듯한 목소리였다.

"바로 저기." 젊은이가 자신 있게 가리켰다. 화장실은 카페에 연결되어 있지 않고 카페 맞은편에, 평평한 활강로 건너에 있었다.

"폐장 때여서 소리를 질렀는데도 아무도 못 들었대."

"그 사람 괜찮아?" 누군가가 사려 깊게 물었다.

"응. 똥오줌이 가득한 풀에서 수영하면서 암울한 밤을 보내긴 했지만 멀쩡해."

일동의 웃음소리가 테라스 너머 햇빛이 쏟아지는 넓은 공간에 울려 퍼져 산비탈을 타고 흘러내렸다. 젊은 신들의 웃음소리.

"그래서, 어떻게 됐는데?"

"아침에 발견됐어. 스키 순찰대가 끌어 올려서 담요로 둘둘 감싸고 스노모빌이 끄는 썰매에 태워 산 아래로 내려갔어."

옆 테이블 젊은이들은 마침내 진정하고 핫초콜릿과 샌드위치를 먹기 시작했으나, 이따금 누군가의 말에—"그런데 그 담요는 어떻게 했을까?"—다시 폭소가 터졌다.

일행이 나가려고 할 때 나는 이야기를 한 사람에게 손짓했다.

"혹시 그 사고당한 사람 이름이 뭔지 들었어요?" 내가 물었다.

그는 고개를 저었다. "아뇨, 못 들었어요."

나는 화장실을 조사하러 갔다. 문이 두 개 있었다. 왼쪽이 남자용이었다. 안에는 세면대와 소변기 두 대가 스키 부츠를 신어 몸이 굼뜬 스키어들을 고려해 널찍이 배치되어 있었다. 폭이 넓은 문 너머에 방이 하나 더 있었다. 뒤쪽 벽면 전체에 걸쳐 있는 합판으로 만든 벤치가 변기였다. 한가운데에 플라스틱 변기 뚜껑과 변좌가 있었다. 뚜껑과 변좌를 들어 보았다. 경첩이 있어 쉽게 젖힐 수 있었다. 구멍이 생각했던 것보다는 컸다. 변좌와 합판 가장자리가 겹친 부분 폭이 1인치도 안 됐다. 그래도 큰 구멍은 아니었다. 안을 들여다봤다. 물이 푸르스름한 빛을 띠었다. 화학약품과 찬 공기 때문인지 냄새가 강하게 풍기지는 않았지만, 더러운 휴지와 배설물 더미가 어둠 속에서 희미한 빛을 내고 있었다. 탱크가 얼마나 큰지, 배설물이 얼마나 깊이 쌓여 있는지는 알 수 없었다. 다시 구멍을 보았다. 사람이 이 구멍에 실수로 빠질 수 있나? 믿기 어려운 일이었다.

화장실에는 창문이 없었다. 유일한 빛은 천장에 달린 등 두 개였는데, 하나는 변소 칸 위에 있고 하나는 세면대와 소변기가 있는 쪽에 있었다. 바깥쪽의 눈부신 햇빛과 대조적으로 천장 등은 희미한 노란 불빛을 내며 약하게 빛났다. 밖으로 나오자 화장실 지붕에 붙은 작은 판이 보였다. 태양광 전지판이었다.

나는 카페로 돌아갔다. 카페가 한산해졌을 때 계산원한테 갔다. "실례합니다만, 이틀 전에 사고가 났던 사람이요, 밤에 저기에서……." 나는 화장실을 가리켰다.

계산원이 고개를 끄덕였다. "그런데요?"

"그분 이름이 뭡니까?"

"몰라요."

"다시 보지는 못하셨어요?"

"사실 한 번도 본 적 없어요. 전 그날 일 안 했어요."

동료가 다가왔다. "제가 봤어요. 근무 시간에 맞춰서 리프트를 타고 올라오는데 스키 순찰대가 태워서 내려가더라고요."

"피부가 갈색이던가요? 그러니까, 햇볕에 탄 거 말고요."

"잘 모르겠어요. 담요로 꽁꽁 감싸고 있어서."

"그랬겠죠. 한 가지 더요, 밤에는 화장실 불을 끄나요?"

"아뇨, 아니에요. 태양광으로 켜는데, 최대로 방전시켰다 충전하는 게 배터리 성능에 도움이 되거든요."

"그럼 밤새 환한가요?"

"아뇨, 점점 어두워지죠. 배터리 용량이 크지 않아서."

"그렇구나. 그럼, 제가 그 사람 이름을 어떻게 알아볼 수 있을까요?"

"스키 순찰대에 물어보면 되겠네요." 계산원이 말했다.

"전화번호 아세요?"

나는 전화를 걸었다. 전화를 받은 사람은 바로 기억해 내지 못했다. 나더러 확인해 보겠다며 기다리라고 했다. "여기 있네요. 이름이 아브—디—." 이름을 한 음절씩 읽어 나가기 시작했다.

"압디카림 게디 하시." 내가 끼어들었다.

"맞아요. 흔히 보는 스키어 이름은 아니죠. 아는 사람이에요?"

"아뇨, 얘기만 들었어요. 건강은 괜찮은가요?"

"네. 병원에 가서 진찰을 받았어요. 감기에 걸렸지만 괜찮았어요."

"화를 내던가요?"

"아뇨. 그러니까, 괴로워 보이긴 했는데, 화를 냈다고는 못 할 것 같아요. 사고였다고 말하더군요. 사고는 일어나기 마련이죠. 그래도 이건 정말 괴상한 사고였지만요."

"그분 지금 어디에 있습니까?"

"여기에는 없어요. 병원에 들렀다가 시내에 있는 모텔에 데려다줬어요."

"어디요?"

"모르겠네. 잠깐 기다려 봐요."

모텔 이름을 받아적고 전화를 끊은 다음 테라스에 있는 내 자리로 돌아가 생각에 잠겼다. 사고는 일어나기 마련이다. 하지만 괴상한 일에도 정도가 있다. 왜냐하면 사실은, 두 해 전 겨울 아내와 스키를 타러 브리티시컬럼비아주에 있는 다른 리조트에 갔을 때, 정확히 똑같은 이야기를 들은 적이 있었기 때문이었다. 지역 신문에 실린 짧은 기사가 눈에 띄었다. 어떤 남자가 스키 슬로프에 있는 카페 변기 구멍에 실수로 빠져서 정화조 안에서 하룻밤을 보내고 다음 날 아침에 구조되었다는 내용이었다. 남자는 기자에게 화장실에서 본 빛에 깊은 인상을 받았다고 말했다. 그리고 또 한 가지 사실이 기억에 남았다. 남자가 소말리아계 캐나다인이고 이름이 압디카림 게디 하시라는 것.

그날 오후 늦게, 스키가 끝난 다음 나는 모텔에 전화를 걸었다. 그 사람이 아직 거기 있었다. 프런트 직원이 방으로 연결해 주었다.

"여보세요?" 나지막하고 억양이 있는 목소리였다.

"하시 씨입니까?"

"그렇습니다."

"사고 이야기를 들었는데 정말 유감입니다. 이제 좀 괜찮으세요?"

"네, 고맙습니다."

"다행이네요. 잠깐 만나서 그 이야기 좀 할 수 있을까요?"

"이야기할 게 뭐가 있어서요? 사고였는데요."

"그냥 좀 궁금해서요. 저는 작가입니다. 그리고 여러 해 전에 소말리아에 잠시 있었어요."

"기자예요?" 목소리에 의심이 묻어났다.

"아뇨, 전혀 아니에요. 저는 소설을 씁니다. 소말리아 북부 하르게이사*에 갔었어요. 에티오피아에서 버스를 타고 갔죠. 그때 한창 배낭여행을 다니던 시기였습니다. 아름다운 곳이었어요."

"전 하르게이사에는 가본 적이 없어요. 우리 가족은 모가디슈에 살았죠."

"하르게이사 자체에는 별다른 게 없었어요, 솔직히."

* Hargeysa. 소말리아 반도 북부의 도시.

"모가디슈에도 별거 없어요. 지금은요. 내전은 도시에 도움이 되지 않죠."

하르게이사에 도움이 되지 않았던 것은 먼지투성이의 지독한 가난이었다. 모스크 몇 군데를 들여다보고, 땡볕에 달구어진 동물들이 지쳐 늘어져 있는 동물원을 둘러보고, 시장 차 가판대에 앉아 차를 마시며 온갖 사람들의 시선을 받는 것 말고는 별로 할 일이 없었다. 호텔 방은 적절히 저렴했지만 감방 같았고, 그 여행에서 가장 선명하게 기억에 남은 것은 호텔 방에 있는 녹물이 든 세면대였다. 수도꼭지 아래 손을 모으고 손바닥에 고이는 미지근한 갈색 물을 보고 있다가 소리 내어 "너 아름다워."라고 말한 다음 세수를 했다.

"차나 커피 한잔 같이하고 싶은데요. 내일 아침에 계시는 모텔로 갈 수 있습니다."

하시 씨는 겸양인지 주저인지 알 수 없는 태도로 승낙했다.

다음 날 아침 나는 차를 운전해 리조트 가까이에 있는 작은 마을로 갔다. 도로변에 있는 소박한 모텔을 쉽게 찾았다. 이 마을에 숙박하면서 셔틀을 타고 리조트에 오가는 것이 스키 휴가를 가장 저렴하게 즐기는 방법이었다. 프런트에서 방으로 전화를 걸었다. 그는 파란색 겨울 외투를 입고 추위에 몸을 웅크리며 바로 건너왔다. 우리는 악수를 했다. 작고 가

날픈 체격에, 염소 수염을 길렀고 이마가 살짝 불룩하고 벗어진 호감형 얼굴이었다. 나이는 아마 삼십 대 중반일 것 같았다. 나는 모텔 옆에 있는 식당으로 가자고 했다. 걸어서 그곳으로 갔다.

나는 커피를 마셨다. 조금 부추긴 끝에 그도 작은 과일 샐러드를 주문했다. 우리는 사고 얘기는 하지 않고 이런저런 이야기를 나누었다. 그는 자기 삶 이야기를 조금 들려주었다. 에티오피아 난민촌을 거쳐 종교 단체의 지원으로 캐나다에 오게 되었고, 그러는 데 팔 년이 걸렸다. 결국 캘거리로 오게 되었는데, 이런 공부를 하고, 저런 일을 했다는 등. 스키를 배웠는데 잘 타지는 못한다고 했다.

"그래서 어떻게 그 일이 일어난 겁니까? 그 사고요." 마침내 내가 물었다.

그는 시선을 돌렸다. "소변이 마려웠어요. 스키 부츠가 너무 크고 무거웠죠. 부츠를 벗었는데 양말이 젖을까 봐 벤치 위로 올라갔어요. 변좌를 더럽히기 싫어서 젖혔죠. 그때 미끄러졌어요. 순식간에 그렇게 됐어요. 사고였어요."

나는 그가 한 말을 생각해보았다. 그 작은 구멍으로 두 발이 다 빠졌을까? 두 팔로 붙잡지 않고? 다이버처럼 곧게 쑥 떨어졌다고? 게다가 그 일이 **두 번**이나, 그것도 두 번 다 하루해가 끝날 무렵 아무도 없을 때 일어났다고? 나는 그가 전에도 이 '사고'를 당한 적이 있음을 안다는 건 밝히지 않았다. 몸집이 아주 작은 남자였다. 코트를 벗으니 더욱 그렇게 보였다. 그럼에도 믿기 어려운 일이었다. 도무지 터무니없게 들렸다. 그러나 그에게서 조용하고 서글픈 위엄이 느껴졌다. 그리고 말투는 진지했다. 어쩌면 정말 몸집이 작고 동작이 둔한 사람이고, 피곤한 데다 오줌이 너무 마려워서 지나치게 허둥댔는지도 모른다. 사고는 일어나기 마련이다. 믿지 않는 나 자신이 실망스러웠다. 그의 말을 믿고 싶었다.

"밖으로 나오실 수가 없었어요?"

"길이 안 보였어요."

"도와 달라는 소리를 아무도 못 들었어요?"

"그런 것 같네요."

"밤새 뭐 하셨어요?"

"그게, 잘 수는 없었죠. 오물이 무릎 바로 아래까지 찼고, 앉을 만한 데가 없었어요. 그래서 벽에 기대서 머리 위 작고 동그란 구멍을 올려다봤어요. 밤이 아주 느리게 지나가더군요."

"그러고 아침에 구조됐고요?"

"네. 문이 열리는 소리가 들려서 소리를 쳤어요. 어떤 남자 머리가 나타났어요."

더 무슨 할 말이 있겠는가. 우리는 대화를 마쳤다. 그는 스키를 탈 수 있는 날이 이틀 더 남았다고 했다. 매일 아침에 레슨을 받았다. 실력이 점점 나아지고 있다고 했다.

우리는 모텔 앞으로 왔다. 작별의 악수를 나누었고 나는 내 차 쪽으로 몇 걸음을 옮겼다. 나는 그에게 가족하고 같이 왔냐고 물었다. 그저 예의상, 가족에게 인사를 전할까 하고 물어본 것이었다. 그는 멈칫하더니, 나에게 다가와 나를 뚫어져라 보았고, 놀랍게도 화가 나 있었다. 그가 입을 열었는데 어조가 격렬했다.

"그 냄새 나는 구덩이에서 있었던 일이 생각나요." 그가 말했다. "머리 위의 구멍, 그 변기 구멍이. 거기로 빛이 들어오는 모습을 보니 내가 어릴 때 모가디슈 바다 위에 떠오르던 보름달이 생각났어요. 할머니는 달은 밤하늘에 뚫린 구멍이고 그 구멍으로 신이 들어온다고 말씀하시곤 했죠. 할머니 품에 안겨서 같이 달을 바라보곤 했어요. 나는 신이 세상으로 몰래 들어오는 모습을 보고 싶었어요. 할머니랑 같이 보낸 그런 순간이 정말 좋았어요. 그때가 내가 마지막으로 행복하다고 느낀 때예요. 내 가족 이야기를 물었죠? 전 가족이 없어요. 내전 중에 모가디슈에서 죽었어요. 전부. 단 한 번의 폭발로. 이제 내 가족은 달뿐이에요. 그것도 가끔, 빛이 적당할 때. 잘 가세요. 과일 샐러드 고마워요."

그 말과 함께 그는 몸을 돌려 자기 방으로 걸어갔다. 나는 그의 뒷모습을 보았다. 그러고는 차를 타고 리조트로 돌아가, 스키 부츠를 신고 아내를 찾으러 나섰다.

얀 마텔

Yann
Martel

1963년 스페인에서 캐나다 외교관의 아들로 태어났다. 캐나다, 알래스카, 코스타리카, 프랑스, 멕시코 등에서 어린 시절을 보냈으며, 후에는 이란, 터키, 인도 등지를 순례했다. 캐나다 트렌트 대학에서 철학을 공부하고 다양한 직업을 거친 후, 스물일곱 살 때부터 글을 쓰기 시작했다. 1993년 소설집 『헬싱키 로카마티오 일가 이면의 사실들(The Facts Behind the Helsinki Roccamatios)』로 데뷔했고, 이후 장편 소설 『셀프(Self)』, 『20세기의 셔츠(Beatrice and Virgil)』, 『포르투갈의 높은 산(The High Mountains of Portugal)』을 썼다. 2002년 '맨부커상'을 수상한 『파이 이야기(Life of Pi)』는 전 세계 41개국에서 출간되었고, 그는 이 작품으로 단숨에 세계적인 작가로 발돋움했다. 현재 캐나다 새스커툰에서 아내와 네 자녀들과 함께 살고 있다.

작가의 말

아주 짧은 이야기에 붙이는 짧은 후기

나 자신이 되기는 쉽습니다. 내가 생각하는 식으로 생각하고, 내가 보는 식으로 보고, 내가 행동하는 식으로 행동하는 건 전부 너무 당연해 보입니다. 그런데 왜 다들 나 같지 않을까요? 아니, 적어도 비슷하기라도 하면 이해하기 쉬울 텐데. 왜 사람들은, 어떤 사람들은 그렇게 난해한 걸까요? 도대체 왜 그러는 걸까요?

이런 식으로 다른 사람을 낯선 존재로 보는 미끄러운 비탈길이 이어지고, 그러다 보면 그런 사람은 덜 존중해도 된다고, 심지어 덜 인간으로 여겨도 된다고 생각하게 됩니다.

이 소설을 쓸 때 이런 생각을 했습니다. 고향이 너무 그립다는 건 어떤 느낌일까? 난민이 되어 더 살기 좋은 곳에 와서, 이곳의 삶에 감사하면서도 자기가 태어난 곳, 본디 속해 있던 곳이 여전히 너무나 그립다면 어떨까?

어떻게 실제로 돌아가지 않고도 (돌아갈 수가 없으므로) 고향으로 돌아갈 수 있을까? 이전 삶의 일부를 어떻게 지킬까? 어떻게 새 삶에 적응할까?

다시 말해, 어떻게 살아남을 수 있을까? 그리고 그 대가는 뭘까?

테니스나무

윤고은

어릴 때 학교에서는 방학을 어떻게 보낼지를 미리 그려 보라고 했다. 백지 위에 원을 그리고 둥근 24시간을 피자 조각처럼 나눠 가며, 잠은 몇 시간 잘지, 오후는 어떻게 보낼지 등을 써넣는 것이었다. 핑거 푸드로 제공해도 될 만큼 조각을 잘게 나누는 친구들이 있는가 하면, 대충 2등분을 해서 잠과 공부로 나누고 마는 친구들도 있었다. 후자의 경우, 너무 성의 없어 보였기 때문에 선생님은 적어도 4등분 이상은 해야 한다고 말하곤 했다. 그러면 개구쟁이들은 억지로 구획을 나눠 세수에 한 시간, 아침 식사에 두 시간을 배정했다.

4등분을 하든 24등분을 하든, 확실한 것은 그 생활 계획표대로 사는 친구들이 많지 않았다는 것이다. 방학은 짧았고 금세 지나갔다. 그 시절의 생활 계획표는 지금 한 장도 남아 있지 않지만, 내가 원을 최대한 크게 그렸다는 것만은 기억이 난다. 피자로 치자면 M 사이즈가 아니라 L 사이즈로, XL

사이즈로.

원을 크게 그리면 시간도 더 늘어난다고 믿었던 걸까. 그렇지 않다는 걸 알면서도 최대한 넓고 큰 피자 도우를 그리고, 그 위에 시간 계획을 토핑처럼 얹었었다. 한 시간 동안 게임을 한다는 것은 변하지 않아도, 원을 크게 그리면 한 시간 분량의 부채꼴이 더 커지기 때문에 남들보다 조금 더 큰 한 조각을 받는 것 같았으니까. 기분만은 정말 그랬다.

그 XL 사이즈 피자 중 한 조각은 꽤 오래 살아남아 지금까지도 내 삶을 지배한다. 저녁 6시부터 8시 사이를 차지하는 '노을 감상' 시간. 선생님으로부터 "은우는 낭만을 아네!" 하는 말을 듣게 했던 그 시간은, 마흔이 넘은 지금도 해 지는 방향으로 미리 내놓은 의자처럼 준비돼 있는 것이다. 퇴근길 지하철 안에서 그 시간을 보낼 때가 있고, 날이 흐려 해가 어디 있는지 알 수 없을 때도 있지만, 노을을 확인하는 마음을 몇 초간 품는 것만으로도 그것은 충분히 환기 효과를 냈다. 그래서인지 내가 무엇에 반하는 순간은 늘 그때 찾아왔다.

퇴근길에는 염소 소독제 냄새가 나는 수영장과 작은 공원, 그리고 거기 붙어 있는 테니스코트 곁을 지나갈 수 있었다. 꽤 돌아가는 경로임에도 그 길을 좋아했는데, 그 마음이 어디서 촉발된 것인지를 어느 여름밤에 깨달았다. 하루치의 움직임을 모두 소진한 테니스코트에서는 전혀 다른 이야기가 시작되고 있었다. 바닥에 놓인 라임색의 테니스공들이 통통 튀는 율동감을 발산했다. 물론 그것들은 조금도 움직이지 않았지만, 분명 그냥 정물은 아니었다. 나무에서 방금 떨어진 싱그러운 열매들처럼 느껴졌달까. 나는 오른쪽 손끝으로 관자놀이를 가리키며 말했다.

“한입 베어 물면 여기까지 새콤한 맛이 쫙 뻗칠 것 같지 않아? 저 열매 말이야.”

곁에 있던 시오가 열매 하나를 집어 들더니 그게 테니스공인 걸 모르는 사람처럼 “어느 나무에서 떨어진 걸까?” 하고 말했다. 나는 “그야 테니스나무지.” 하고 대답했고, 그렇게 우리는 테니스코트를 바라보고 서 있던 큰 나무 한 그루를 테니스나무로 지정했다. 테니스공들은 나무줄기에 매달렸던 기억이 없겠지만, 그날 저녁 나무는 분명히 테니스공의 출처처럼 보였다. 아침이 되면 공은 다시 코트 안을 날아다니다가 모든 경기가 끝나면, 호젓한 가로등 불빛을 받으며 조금 더 라임빛으로 물들 테고. 풍성한 나무에서 떨어진 열매들처럼 뒹굴면서.

시오가 말했다. “테니스나무를 위해 건배!”

“건배!”

우리는 빈손이었다. 테니스나무 아래서 시오와 처음으로 입맞춤을 했다. 저녁 일곱 시 반, 노을 감상 시간에 그렇게 또 홀려 버린 것이다.

시오와 나는 이 년 전 경주에서 열린 마라톤 대회에서 만났다. 가민 시계가 측정한 바에 따르면 그날 내가 뛴 거리는 42.195km를 조금 넘는 수준이었는데 방향이 문제였다. 경로를 이탈해 버린 것이다. 41km 다음에 40km가 올 거라고는 아무도 예상하지 못했다. "반드시 대여섯 명은 이탈합니다."가 놀림조로 따라붙을 만큼 '지랄맞은' 하쉬 마라톤이었기에 그해에는 경로 이탈을 막기 위한 노력이 지나칠 정도로 촘촘했다. 거의 가두리 양식 수준이었는데, 그래도 마지막 2km 구간에서 벌어진 역주행을 막을 수는 없었다.

그날의 내 모습을 찍은 유튜버 중 하나가 시오였다. 시오는 구독자가 500명 겨우 넘는 채널의 유튜버였지만 나는 그의 채널을 이미 잘 알고 있었다. 그와 나의 기록이 비슷했기에 10km 대회에서 두 번, 그리고 하프코스 대회에서 한 번, 그렇게 세 번이나 내 모습을 그의 러닝 채널에서 확인할 수 있었다. 하쉬 마라톤에서도 그랬다. 39km 지점에서 시오는 '무지개 아파트! 무지개 아파트 102동에서 코너를 돌면 이제

다 온 겁니다!' 이런 말을 하고 있었고, 그때 화면에 우연히 잡힌 러너 중 하나가 나였다.

영상 속의 나는 그날따라 좀 이상하게 느껴졌다. 일단 머리 스타일부터가 출발할 때와는 달랐다. 머리띠와 머리끈으로 긴 머리를 단단히 고정했는데, 그중 머리끈이 끊어졌기 때문에 산발이었다. 머리를 풀고도 뛸 수는 있지만 통제할 수 없는 요소가 늘어난 게 신경 쓰였고, 그 불안정함이 화면에서도 느껴졌다. 그러다 40km에서 문제의 얼굴과 마주친 것이다. 꾸역꾸역 달리던 나는 41km에 닿기 전부터 이미 뒤틀리고 있었다. 오렌지색 러닝화의 설포가 타오르는 불길처럼 위로 치솟았다. 발목을 지나 무릎, 허리까지. 지나쳐 버린 한 사람의 실루엣에 사로잡혀서. 40km 급수대 앞에 서 있던 그 사람은 내 얼굴을 하고 있었다. 어쩌면 생김새가 아니라 표정이나 자세였을까. 뛰어가면서 잠시 받은 인상만으로도 나인 양 느껴져 소름이 끼쳤던 사람. 그 찰나가 점점 부풀었고, 결국 41km 지점에서 몸을 반대로 돌렸다. 두고 온 게 있는 사람처럼 40km 급수대를 향해 달리기 시작했다. 속도가 붙었다.

되돌아가서 뭘 어떻게 하려고 했던 걸까. 내가 스친 얼굴이 정말 나와 닮았는지 확인하려고 했던 걸까. 사람들이 그 역주행의 이유에 대해 물을 때마다 나는 단지 어지러웠다고 말할 수밖에 없다. 그 시점으로부터 매일 조금씩 더 멀어지고 있기에 나를 홀린 그 최초의 얼굴 역시 계속 흐릿해지고 있다.

시오의 채널에서는 39km 부근 몇 초간 등장했을 뿐이지만, 다른 채널로 넘어가면 내 결말을 알 수 있다. 거대한 야자수가 태풍에 이리저리 휩쓸리다가 기어코 쿵 쓰러지는 것처럼, 나는 아래로 고꾸라졌다.

그 이야기는 회사에서도 역주행을 했다. 누가 나의 이 년 전 역주행을 스몰 토크의 도구로 활용한 게 시작이었다. 41km에서 40km로 몸을 돌려 성난 야자수처럼 쿵쿵거리던 내 모습은 이제 갓 입사한 막내에게도 닿았다. 그는 다른 풀코스 대회와 달리 하쉬 마라톤의 배번표에 이름보다 숫자가 크게 쓰여 있었던 게 다행이라고 말했다. 덕분에 영상에서는 "김은우! 뒤로 돌아! 반대로!" 이런 말이 들리는 대신 "6047! 역주행이야! 반대로!" 이런 말이 들렸으니까.

지난 이 년간 러닝 인구는 늘어났고 대회도 많아졌지만 나는 오히려 주춤했다. 10km나 15km, 하프코스 대회에는 몇 번 나갔지만 내 의지였다기보다는 사회생활의 일환이었다. 꾸준히 나가는 소모임 '뛰는 무리'는 회사 안에서 어느덧 실장 라인으로 통했고, 이왕 몸담게 된 이상 나는 역주행 이미지를 벗어날 필요가 있었다. 입사 동기인 최가 특히 그런 이야기를 많이 해 주었다. 실장과 취미가 같다는 건 엄청난 행운이라는 거였다. 그러면서 이제 역주행이 아닌 정주행을 보여줄 때라고 했다. 풀코스 마라톤에 참가하려면 이전과는 다른 차원의 에너지가 필요했다. 일종의 용기? 그 용기를 모으는 중이거나 아니면 달아나는 중이거나, 나는 둘 중 하나였을 것이다.

'뛰는 무리'는 한때 사람들을 러닝화 유형으로 구분하는 놀이에 푹 빠졌는데, 거기서 내가 부여받은 이미지가 '악천후용 러닝화'였다. 지금은 실장이 된 당시 팀장이 그렇게 나를 악천후용 러닝화에 빗댄 이후로 정말 눈, 비, 우박, 그리고 온갖 악천후스러운 업무가 내게로 몰려들었다. 그러니까 밑창이 두둑해야만 버틸 수 있는, 진상들의 세계 말이다. 고객과 전화 연결이 되었을 때 "무엇을 도와 드릴까요?"라고 묻는 게 화근이 되는 세계랄까. 그러면 전화기 너머 상대방은 버럭 화를 냈다. "도와주는 게 아니라 당신이 할 일이지, 당연히 해야 하는 일이지!" 그러고서 초경량이라더니 생존배낭이 무거워 손가락을 다쳤으니 피해 보상을 해달라고 했다. 이미 고객 서비스 부서를 몇 차례나 거치면서 주장한 내용이었고, 그러다 결국 악천후 담당인 내게로 온 것이다.

우리 회사의 주력 상품 중 하나는 'City Go Bag', 도시인들을 위한 생존배낭으로, 기존의 생존배낭보다 부피나 무게를 절반 정도로 줄인 것이다. 가로 20cm, 세로 25cm, 두께는 4cm에다가 무게는 520g이다. 520g이 무거워서 손가락을 다쳤단 말인가? 그는 불필요한 구성품에 대해서도 시비를 걸었다. 물론 내가 알기로 불필요한 구성품은 없었다. 생존배낭이라는 물품 자체가 가진 속성이 그렇기도 하지만 이 도심형 생존 키트는 더욱 필요한 물품으로만 채워야 했다. 멀티 기능이 있는 것이면 더 좋고, 그게 아니더라도 여러 용도로 사용할 수 있는 방향을 제시해 줄 필요가 있었다. 멀티 기능에 대한 압박은 배낭의 구성품에만 적용되는 게 아니었다. 직원들도 멀티 압박을 받았다. 시장 조사부터 홍보까지 부서 구분 없이 매달려야 했고, 고객의 불만과도 대면해야 했다. 원래 고객 대면 부서가 따로 있지만 그 선에서 해결되지 않으면 전화가 우리 팀 쪽으로 넘어왔고, 나중에는 내게 직통으로 넘어오는 게 일상이 됐다. "나 시간 많아요, 많습니다."라고 말하는 고객의 전화를 붙들고 나는 입 모양으로 말했다. 'DNF!' 옆자리의 최가 그걸 보고 끊어 버리라는 시늉을 했다.

Did Not Finish. 그건 우리가 투지를 불태울 때, 혹은 자조적으로 포기 선언을 할 때 선택하는 말이었다. 그 말이 꼭 달리기를 위한 주로에서만 적용되는 건 아니었다. 완주하고 싶지 않은, 도망가 버리고 싶은 순간이 종종 있었고, 그럴 때마다 나는 일시 정지 버튼 같은 것을 막연히 그려 보았다. DNF 말고 잠시 유예하는 버튼 말이다.

사십 년 넘게 재생만 한다는 게 부담스럽다, 어딘가 고장 난 것 같다고 하자 팀의 막내 지훈이 우리 삶에도 일시 정지 버튼이 있다고, 여기 과장님 팔꿈치 밑에 있다고, 있는데 그쪽을 보지 않아서 모르는 거라고 했다. 자기는 자주 누른다는 거였다. 누르고 있는 동안에는 모든 것이 멈춘다고.

"눌렀다가 떼면 다시 진행될까?"

"약간의 시차는 있을 수 있지만, 결국엔 돌아오죠!"

그는 마치 잠에서 깨어났을 때와 비슷하다고 덧붙였다. 자는 동안 우리는 누구나 일시 정지 버튼을 누르게 되는데, 그러다 잠에서 빠져나오면 두리번거리는 몇 초가 있지 않느냐고. 그래도 결국엔 각자의 아침에 닿게 된다고.

"나는 지금 그 몇 초 구간인가 보다."

이 년째, 라고 나는 중얼거렸다. 아니, 어쩌면 사십 년 넘도록 내내.

"우리에게는 일시 정지 버튼뿐일지도 몰라요."

회식 자리에서 지훈은 그렇게 말했다. 버튼이 많아 보이지만 실제로 우리가 만질 수 있는 건 단 하나, 그 일시 정지 버튼뿐이라고. 우리는 삶에 던져졌을 뿐이니 모든 것은 앞으로 흘러가게 되어 있는데, 거기서 중간중간 극악스러운 속도감을 덜어 주는 것, 팽창하는 질주에 바람을 살짝 빼 주는 것, 그게 바로 일시 정지 버튼이고 일종의 잠이라고 했다.

최는 신입사원의 일시 정지 버튼론에 대해서 "그게 아직 내 몸에 붙어 있던 시절의 얘기지."라고 했다. 누구나 일시 정지 버튼을 갖고 있지만, 어느 순간에 그걸 잃어버린 사람들이 수두룩하다는 거였다. 잠시 멈추고 싶지만 멈춰 세울 수 없는 삶이 계속되고, 그럴 때 우리에게는 브레이크도 어떤 선택지도 없다고. 팔꿈치 밑을 봐도 아무것도 없다고. 2배속, 3배속, 4배속 버튼이 있을 뿐이라고. "그럴 때는 역주행을 해 봐." 했더니 최는 낄낄거렸다.

우리 사이에서는 역주행이 농담처럼 자리 잡은 모양이지만, 그렇다고 해서 내가 그날의 기억을 모두 장악하고 괜찮아진 건 아니다. 여전히 그날의 영상을 보며 내가 놓친 실마리를 찾으려 애쓰는 중이니까. 40km 급수대를 담은 영상이라면 무엇이든 되돌려보고 또 되돌려봤다. 거기에 내가 봤던 그 사람이 있는지 알고 싶어서, 있다면 어떤 표정을 짓고 있었는지 보고 싶어서. 그러나 어디에도 흔적은 없고, 사람들은 영상으로든 허상으로든 내가 도플갱어를 다시 보는 건 좋지 않을 거라고 말했다. 그런데도 멈출 수가 없는 것이다. 떠올리면 꼭 그만큼 기억이 휘발되는데도 나는 닳아 없어지는 기억의 귀퉁이를 붙잡고 늘어졌다. 그만두지 않으면 하루 중 어느 때에, 내가 스쳐 지나간 얼굴 하나가 아직 터지지 않은 풍선처럼 붕 떠오르기도 했다.

두 달 전, 사무실 인테리어 공사가 시작됐다. 최는 상자 두 개, 나는 한 개, 갓 입사한 막내는 의외로 세 개, 그렇게 우리는 각자의 상자에 짐을 꾸려 다른 건물로 이사를 갔고 한 달 후에 돌아왔다.

사무실이 선택한 바닥재가 내 집 바닥과 비슷한 종류였고, 심지어 화장실의 타일은 완전히 똑같았다. 사무실이 집 같다는 건 좋은 것인가 나쁜 것인가, 나는 가만히 앉아서 어쩐지 조금 멀어진 듯한 최의 책상을 바라보았다. 책상과 책상 사이가 멀어진 것, 그래서 책상들이 마치 섬처럼 느껴지는 게 인테리어 효과라고 믿을 뻔했는데, 실제로 사무실 내 인구 밀도가 줄어든 것이었다. 개편의 핵심은 AI 시스템 도입이었다. 인테리어로 AI 들여왔잖아, 그런 말이 농담으로 통할 만큼 시기가 절묘했다. 'T'라고 불리는 AI 직원이 대거 고용된 것이다. T는 티타임의 앞머리를 딴 것으로, 새 시스템 도입이 임직원에게 차 한 잔 마실 여유를 더해 준다는 의미였기 때문에 두고두고 조롱의 대상이 되었다.

고객 입장에서 바뀐 것은 자신을 응대하는 존재가 T인지 인간인지 알 권리를 부여 받았다는 것인데, 그것이 그들에게 더 나은 변화였는지는 모르겠다. 회사에서는 통화 대상이 T인지 인간인지 고지할 의무가 있었고, 고객은 상담 전화가 연결되자마자 입장을 밝혀야 했다. T와 즉시 통화 연결되기 원하면 1번, T에게서 안내 전화가 걸려오길 원하면 2번, T와 채팅으로 상담하려면 3번, T에게 이미지와 자료를 먼저 전송하기 원하면 4번……. 흘러가던 번호는 8번이 되어서야 인간 연결도 가능하다는 것을 안내하는데, 고객들은 굳이 기다려 8번을 눌렀다. 안내 멘트가 없다면 T와 인간의 목소리가 딱히 구분되지 않을 정도인데도 말이다.

누군가는 그걸 두고 '직통 번호'라고 말했다. 전화기 건너의 인간에게 "가방에서 이상한 냄새가 나요."라든지 "구성품 중 하나가 빠져 있습니다."라고 말하고 싶지, 그 용건을 전달하기 위해 작게 분절된 질문들을 통과하고 싶지 않은 것이다. 나는 "그쪽도 제 입장에서 생각을 해보세요."라는 말까지 들었는데, 그런 말을 T에게도 할까 그게 조금 궁금했다. 고객들은 T를 선호하지 않는 것 같았고, 결과적으로 우리는 T가 티타임의 약자가 아니라는 것을 매일 반복적으로 느끼게 됐다. T의 도입으로 인해 회사가 오래전부터 해왔던 인력 채용의 약속은 흐지부지되었고, 심지어 직원 중 몇 퍼센트를 정리한다는 소문도 있었다. 인사 이동도 많아서 흐름을 파악하기엔 모든 것이 어수선했다. 분명한 것은 매일 체감하는 노동의 강도뿐. 8번으로 전화가 걸려왔을 때 소화할 수 있는 인력은 확실히 줄어들었다. 나는 8번 중 한 명이었고, 멀리 떨어진 다른 책상에서 무슨 일이 일어나는지 잘 알지 못했다. 대부분 파티션 구획 안에서 소란을 고요히 처리했다. 그러다 어디선가 "DNF!" 하는 소리가 들리면 고개를 들어 두리번거렸다. 최의 목소리, 아니, 내가 했나? 우리는 잘 구분되지 않았다.

정보를 주지 않으면 내 대화 상대가 T인지 인간인지 알아채기가 어렵다는 것은 회사 내부의 소통에서도 마찬가지였다. 이메일로 업무를 처리할 때는 더 그랬다. 나중에는 T와 T 아닌 인간을 구분하는 게 대수롭지 않은 일, 관심 밖의 일이 되어 갔다. 그런 걸 구분하는 건 별 쓸모가 없었다. 나중에야 그 직원이 T였구나 하고 새삼 놀랄 때도 있었다. 사람이 진국이라는 평판이 돌던 동료가 알고 보니 T였더라, 하는 일도 흔해서 그런 건 특별한 이야깃거리가 되지 않았다. 차라리 반대의 경우라면 모를까. 내 경우처럼 말이다.

T로만 구성된 팀의 메일, 그러니까 T 전략 3팀의 메일이 내게로 처음 온 건 7월 초였다. 회사의 인테리어가 막 시작되던 때. 스팸 메일로 신고하지 않은 건 누가 봐도 그게 우리 회사의 전산 오류에 의한 거였고, 그런 일이 몇 달째 꽤 흔해서였다. 그러다 그 단체 메일이 주기적으로 온다는 게 영 성가셔서 답을 보냈다. '메일이 오발송되었습니다. 저는 그 팀 소속이 아닙니다.' 그러자 즉각 답이 왔다. '아구구, 죄송합니다. 주소록에서 빼 드리겠습니다!'

그러나 8월로 넘어가서도 'T 전략 3팀의 회식 일정 및 장소 상의' 메일이 왔다. 한 번에 처리되는 일이 없군, 내가 중얼거릴 때 최가 "그렇다니까!" 하고 추임새를 넣은 것도 기억난다. 그때만 해도 최와 나의 책상이 그리 멀리 떨어져 있지 않았다. 지금에 비하면 확실히 그랬다. '메일이 오발송되었습니다. 주소록에 제 이름이 있나 봅니다. 바로 수정해 주시길 바랍니다.' 메일을 보내고 오 분도 채 되지 않아서 답을 받았다. '어이쿠! 알겠습니다. 빼 드리겠습니다!'였다.

그러고도 T 전략 3팀의 메일은 계속 날아왔고, 심지어 빈도가 더 잦아졌고, 그 바람에 나는 우리 팀의 회의와 그들의 회의 일정을 헷갈리기까지 했다. T 전략 3팀 담당 관리자에게 이메일이 아니라 전화를 걸어 볼까 싶기도 했는데 퍼뜩 그런 생각이 따라붙었다. 내가 받은 이메일이 혹시 T의 자동 응답일까? '어이쿠!'라든지 '아구구!' 같은 단어 때문에 그게 자동 응답일 거라고는 생각하지 못했다. 당연히 관리자는 인간일 테고 나와 같은 누군가가 보냈을 테지. 그런데 다른 팀에 메일을 보낼 때 그런 사족을 붙이는 경우가 있던가? 그 또한 생소했다. 나는 그들의 메일을 스팸 처리했고 이후 한동안 그 일을 잊었다.

사번 여덟 자리를 입력하면 내 소속이 T 전략 3팀으로 뜬다는 걸 알게 된 건 8월 말 즈음이었다. 거의 두 달 만에 완전히 T 전략 3팀으로 이동된 것인가? T 전략 3팀의 직원은 모두 120명. 내가 그중 하나로 분류되고 있는 것인데, 이런 코미디가 있을 수 있나? 회사 건물은 리노베이션의 후유증에 시달리고 있었고, 시스템 개편의 후유증도 여전했다. 그 바람에 우리 팀장 자리도 공석이 됐고, 절반으로 줄어든 팀원들은 과적 차량처럼 아슬아슬하게 움직였다. 나만 빼고 말이다. 아마도 그래서 다른 요동이 눈에 들어오는 것일 테지.

사내 메신저는 기존 팀 것과 잘못된 팀 것이 동시에, 그러니까 이중으로 연결된 상태였는데, 놀랍게도 둘 다 나를 구속하지 않았다. 누락되었다고 볼 수도 있는 상태인데 그게 내게는 나쁘지 않았다. 한 공항의 출국장 너머, 그리고 다른 공항 입국장 이전에 놓인 진공 상태 같았고, 뭐랄까, 좀 숨어 있는 기분이었다. 거대한 나무 그늘에서 폭우를 피하는 셈인데, 그 나무가 어디 소속인지 알아볼 여력까지는 되지 않았다. 어리둥절한 채로 혼란을 유예하고 싶었을 뿐. 그렇게 나는 T 전략 3팀의 유령이 되었다. 스팸 메일 목록에서 T 전략 3팀의 이름을 해제한 건 메신저에 오가는 조각 정보들의 전말을 알고 싶다는 호기심 때문이었다. 곧 T 전략 3팀의 회식이 회사 근처 고깃집에서 있다는 것까지 알게 됐다.

AI 팀의 회식이 고깃집에서 이뤄진다면 당연히 120개의 사번을 담당하는 관리자들의 회식이 아니겠는가? 회식을 하는 걸 보면 관리자가 한 명인 건 아닐 테고. 메신저에 오가는 정보들에 따르면 회식에는 모두 110명이 참석하기로 예정되어 있었다. '명'이라고 세는 것도 어색할 지경인데, 대체 110명의 T가 어떻게 고깃집에서 회식을 한다는 것일까. 해당 사번을 관리하는 인원들이 참여하면 T도 참여하는 셈이 되나? T 전략 3팀을 맡은 관리자는 당연히 인간일 텐데, 그렇다면 인간 직원은 모두 몇 명이지? 얼핏 이런 이야기를 꺼냈을 때 지훈은 "구경 가 보고 싶네요!"라고 말했다. 그는 내가 구경이 아니라 팀원으로 그 회식에 참여할 수 있다는 걸 몰랐을 것이다. 나 역시 그제서야 깨달았으니까. 회식에 참여할 생각까지는 없었지만 궁금했다. 그래서 퇴근길에 일부러 '소문난 불판' 쪽으로 걸어가 보았다.

익숙한 사거리였는데도 얼른 장소를 찾아내기가 어려웠다. 한참을 헤맨 후에야 그게 실재하는 간판이 아니라 온라인 지도 위에만 있는 것임을 깨달았다. 그 온라인 지도는 우리 회사 임직원을 위한 교육 사이트에 있는 것이었는데, 워낙 실제 거리와 닮았기 때문에 그게 가상 지도라는 걸 잊어버리고 만 것이었다. 하긴, 내가 요즘 거리를 인지하는 방식이라는 게 늘 이런 식이 아니었나. 걸어가면서 모바일 지도의 간판과 실제 거리의 간판을 비교할 일은 거의 없었고, 대부분 나는 그 둘이 일치하리라 믿었다. 그러다 진짜 거리, 진짜 간판, 진짜 신호 사이에 가짜가 조금 숨어 있던 걸 놓친 것이다. 그때 해가 쑥 떨어졌다. 저녁 일곱 시가 되기 직전이었다. 장소 때문인지 조명 때문인지 나는 한동안 잊고 지낸 시간을 다시 떠올리게 됐다.

동선상 회사 쪽으로 되돌아가는 거나 마찬가지였지만, 두

블록만 더 가면 거기 무언가가 있었다. 그쪽을 바라보지 않는 건 불가능했다. 내가 거기 놓이기 이전에 이미 준비되었던 것 같은 응시. 모퉁이를 돌기 전부터 테니스나무의 일렁임이 느껴졌다. 빛의 초록 그물을 넓게 던지는 듯한 움직임, 그 아래로 춤의 발자국처럼 떨어져 있을 라임빛 열매들. 정말 그랬다. 테니스코트는 거기 그대로 있었다. 저녁 6시에서 8시 사이, 일몰을 위해 밖으로 빼둔 의자처럼. 빛나는 열매들도 땅에서 뒹굴고 있었다. 철조망 울타리에 눈을 바짝 대고 거기 떨어져 있는 라임빛의 열매들을 하나, 둘, 셋…… 헤아리고 있으니 내부에서 누가 손짓을 했다. 들어오세요, 하고. 나는 머쓱해져서 한 걸음 뒤로 물러났지만, 며칠 후 두 걸음 앞으로 다가갔다. 테니스나무의 초록 일렁임을 조금 더 가까이서 바라보고 싶어서였다.

최가 다가와서 자기 자리에서 보이는 뷰가 아쉽다고 말했다. 이전 자리에서는 나무가 보였는데 지금은 화장실 입구가 보인다는 거였다. 나는 내 자리에서 보이는 건 그대로라고 말했다. 인테리어로 사무실이 집 같아진 것을 빼면 모든 게 그대로였다. 사실이었다. 의자에 앉으면 흰 벽이 보였는데, 오후 네 시쯤 거기서 그림자 극이 열렸다. 햇빛이 나른하게 몸을 펼치면서 벽 위로 흘렀고, 내가 책상 위에 올려둔 물체에 따라 무대 위 등장인물이 바뀌었을 뿐이다. 내 자리를 그대로 둔 채 나머지 우주가 팽창하고 있다는 게 얼마나 다행인가. 자리에 앉아서 보던 풍경까지 바뀌었다면 정말 어지러웠을 것이다.

업무 시스템이 개편되지 않았다면 더 일찍 감지했을까? 해안 절벽의 침식처럼 내 이동이 성실하게 진행되고 있었다는 것을. 그 기류를 제때 감지하지 못한 건 메일 오발송이 흔한 오류라고 생각했기 때문인데, 어느 순간부터 그것이 오류라는 사실조차 잊어버렸다. 팀 통폐합이 번복되는 통에 우리는 뒤섞였다. 원래 소속되어 있던 팀에서는 나의 부재를 인지하지도 못했다. 여러 번 이 오류를 바로잡으려고 시도했지만 그 과정에서 내가 알게 된 건 두 가지 사실이었다. 이게 일시적인 혼란이라는 것, 그리고 당장은 내게 나쁠 게 없다는 것. 어쩌면 다른 동료들도 나와 비슷한 상황에 놓여 있는 건지 모른다는 생각도 들었다.

최는 내 소속이 바뀌었다는 것을 몰랐지만, 그가 진짜 모르는 중요한 게 하나 더 있었다. T 전략 3팀의 직원으로 잘못 올라간 이후 나에 대해 고객이 부여한 평점이 조금 높아졌다는 것. 그 평점은 우리에게 크게 영향을 미치는 게 아니었음에도 나는 동요되었다. 고객과 전화 통화를 할 때 평소와 똑같이 대했는데도 나를 평가할 기준이 달라진 것이다. 취지와 다르게 인간 직원들이 아니라 T들이 티타임을 하고도 남을 만큼 시간이 있었다. 그러니까 내 입장에선 T로 오해되는 편이 훨씬 나았다는 얘기다.

이런 상황에서 내가 인간임을 증명하기 위한 노력이란 얼마나 가성비가 떨어지는 것인지. 그건 나로 하여금 뭔가 잘못된 구역에 놓였다고 느끼게 했고, 조급해지게 만들었으나 내가 T라는 걸 받아들이자 많은 것이 가뿐해졌다. 하루의 절반을 T로 살면 자연스레 6시부터 8시 사이를 챙길 여유도 남았다. 일몰을 향해 빼 둔 의자에 앉을 수 있었다. 오래전 피자 조각처럼 그 시간이 길게 확장되었다.

오후 네 시, 그림자 극이 시작될 무렵에 T 전략 3팀의 회의가 있었다. 처음도 아니어서, 나는 이제 어색함 없이 게임하듯 회의에 접속했다. 회의 장소는 온라인 지도 위의 노천카페, 회의 주제는 한정판 생존배낭의 구성. 요즘 MZ 세대들이 좋아한다는 두 가지 세계, 러닝화와 책을 그 안에 넣는다고 했다.

생존배낭은 무게가 관건인데 지금 선택된 책이 벌써 340g입니다. 러닝화보다도 무거워요. 맞아요. 가벼운 러닝화 리뷰

하다가 벽돌책 들려고 하니 팔에 쥐가 날 것 같았다니까요. 모든 게 가벼워지는 시대에 이 책은 왜 이렇게 두껍대요? 이게 두껍다고요? 내 눈엔 상추처럼 얇아 보이는데요?

갑자기 대화가 멈췄다. 상추처럼 얇아 보인다고요? 거기서 대화가 멈추다니. 120개의 사번이 접속해 있는데 그중에 내가 도드라질 일인가? 어쨌든 내가 한 말에 모두가 반응한 셈인데 꿋꿋이 침묵하자 다른 T가 말을 이어갔다. 러닝화 말이죠. 베이퍼플라이스리는 186그램, 아식스의 메타핀스카이는 180그램도 안 되고요. 최고는 아디다스의 에고원인데 그건 138그램입니다. 아시죠? 마라톤 스타 티기스트 아세파가 입 맞춘 신발이요. 얼마나 가볍고 좋습니까. 책도 러닝화처럼 좀 가벼워지면 안 되려나요. 이고 지고 다니느라 어깨 찌그러지는데. 아까 상추처럼 가볍다고 하셨던 의견, 흥미로운데 얘기를 계속 듣고 싶네요. 그러고서 뭔가를 눌렀는지, 나를 가리키는 아이콘이 자꾸 반짝반짝 빛났다. 내가 그렇게 만든 건 아닌데 그랬다. 나는 떠밀리듯이 키보드를 두드렸고, 뭔가가 입력되었고, 그러자 아이콘이 불안정하게 빛나던 것이 잠잠해졌다. 발언하지 않으면 계속 반짝거리다가 완전히 소멸될 듯한 분위기였다. 아니, 펑 터져 버렸을지도 모르고.

“사실 책은 가벼울 필요가 없어요. 그건 책의 덕목도 아니잖아요."

내 말이 끝나기도 전에 '덕목이에요'라는 말이 이어졌다. 생존배낭에 들어갈 땐 가벼워야 해요, 무게가 중요해요, 내용보다도요. 때로는요. 책이 물보다 중요합니까? 휴대용 정수기도 뺐는데요. 그 말들이 끝나기 전에 내 아이콘이 다시 또 발광하기 시작했다. 화면을 안 보면 그만이지만, 그리고 엄밀히 말하면 내 팀도 아닌데, 유령답게 회의를 나가 버려도 될 것 같았지만, 어쩐지 시오와 나누었던 대화가 떠올랐다. 나는 다시 활자를 입력하기 시작했다.

"아. 그러니까 러닝화의 무게는 지금 그게…… 한 켤레 당 무게 아닙니까? 그럼 두 켤레 합하면 250그램이 넘는 거네요. 아까 그 최고라던 138그램짜리도요. 신발은 두 짝이나 필요하지만 책은 한 권이면 충분합니다."

그러자 누가 아주 멋진 말이라면서 그걸 책이라는 구성품에 대한 소개 문구로 활용하자고 했다.

그러니까 러닝화는 두 짝이 필요하지만 책은 한 권이면 됩니다. 이거 어때요? 좋네요. 환상적이에요. 러닝화 두 짝에 책 한 권을 설명하는 아주 적확한 표현이에요. 모두 동조하는 듯했다. 내 아이콘이 발광하지는 않았지만, 어쩐지 그렇게 흘러가는 걸 방조할 수가 없어서 말을 보탰다.

“아뇨, 그건 어쩐지 책과 러닝화 양쪽 모두 안 좋아할 말 같은데요. 그보다는 차라리.”

차라리? 차라리? 차라리? 다시 내 아이콘이 발광하기 시작했다. 그대로 침묵한다면 소멸보다는 뭔가 폭발이 일어날 것만 같이 공격적으로.

“책이 펼쳐진 채로 삼각꼴이 되게 세워놓으면 그게 텐트처럼 느껴진단 말이죠. 어떤 문장이 필요하다면 ‘당신을 위한 가장 작은 지붕’ 어떨까요? 어디서든 펼치면 집이 되어 준다는 의미예요. 생존배낭에는 딱이지 않나요.”

회의는 삼십 분 만에 끝났다. 다시 고요해진 자리에서, 나는 책상 위에 양장본 하나를 삼각 텐트 모양으로 세워 보았다. 벽에 텐트 모양의 그림자가 생겼다. 시오는 내게서 책을 빌려 가곤 했는데, 지나치게 ‘아껴 읽느라’ 진도가 나가지 않았다. 그런 채로 다른 책을 빌리는 경우가 허다했다. 지난번 책도 안 읽지 않았느냐고 하면 시오가 하는 말은 “텐트를 꼭 펼칠 목적으로 차에 싣고 다니니?”였다. 갖고 있는 것만으로도 심리적으로 힘이 나는 물건들이 있다면서. 그러고서 새로 빌린 책을 꼭 껴안고 돌아갔다.

시오와 나는 이 년 전 마라톤 대회에서 만났고 몇 달 전

헤어졌다. 제자리로 돌아가지 않은 게 몇 권의 책만은 아니다. 집에는 시오가 서브 330을 달성했던 날 신었던 러닝화도 있다. 그가 오래전 벗어 놓은 신발이 꼭 곤충이 탈피한 껍질처럼 보인다. 표면엔 마라톤 스타 킵초게의 말이 적혀 있다. No human is limited.

내가 풀코스 대회에 나가지 않는 건 40km 지점을 통과하기 두려워서가 아닐지도 모른다. 주로에서 고프로를 들고 뛰는 시오와 마주친다면, 그의 영상에 내가 등장한다면 어떻게 해야 할지 모르겠다. 시오의 채널은 몇 달 전부터 멈춰 있다. 그가 뛰고 있는지 아닌지도 알 수 없다. 어떤 의미에서 보면 주로에서 이탈해 버린 셈인데, 아주 DNF가 아니기를 바랄 뿐이다.

최가 옆 팀 사원의 소식을 전해 주었는데 듣지 않는 게 나을 뻔했다. 잘못 온 메일을 받다가 T 소속으로 굳어졌다는데 결과적으로 그의 사번이 완전히 소멸되었다고 했다. 그 사원은 잘못 온 메일에 대해서 한 번도 브레이크를 밟은 적이 없었고, 그 오류를 부당하게 이용했다는 비난을 받았다. 회사 측에서 임직원들에게 종종 테스트를 위한 피싱 메일을 보내기도 하는데 그럴 경우엔 스팸 신고 버튼을 눌러야 했다. 그는 스팸 메일로 신고를 하지도 않았고, 본인의 팀에 보고하지도 않았고, 그저 그 진공 상태를 방치한 죄로 징계를 받게 됐다.

"해고라는 거야?"

"아니, 정직 1개월이라던가. 소송할 거라던데?"

지금 내가 비슷한 상황에 놓여 있다는 얘기를 할 필요는 없겠지. 상황이 다르다. 나는 몇 차례나 스팸 신고를 했고, 옆 팀 사원이 두 달간 놀았다면, 나는 오류를 인지한 후에도 주어진 팀에서 회사를 위해 일했으니까. 게다가 지난 회의 때 내가 낸 아이디어가 채택되었단 말이다.

'당신을 위한 가장 작은 지붕'은 회의 직후부터 이벤트 상품 홍보에 활용되었는데, 그 어디에도 내 발자국이 남아 있지 않았다. 문장마다 출처가 따라붙을 필요는 없어도 사내 회의록이라든지 보고서에는 있어야 하는 게 아닌가? 어디에도 그것이 내가 한 말이라는 표식이 없었다. 회의는 모두 녹화되어 보존되는 모양이지만, 그걸 열어 볼 권한은 내게 없었고, 공개된 자료에는 내 이름이 없었고, 모두가 나에게 최고라고 말했던 기억이 있지만 그것 역시 흔적이 없었다.

우리 부서에서는, 그러니까 나를 잊어버린 원 부서에서는 이런 일이 아주 중요했다. 누가 어떤 아이디어를 내는가 하는 건 반드시 기록되었고 우리는 그것으로 평가받기도 했다. 그리고 아이디어를 도둑맞으면 그걸 오래 간직하고 있다가 반드시 복수를 시도하곤 했다. 성공 여부와는 관계없이, 앙심을 품는 건 인지상정이었다. 그런데 T 전략 3팀은 아이디어의 출처를 생략하고도 당당했다. 두 번이나 그것에 대한 문제 제기를 했는데도 그들은 내 당혹스러움을 이해하지 못했다. 그사이에 T 전략 3팀에 접속하는 사번은 더 늘어나 거의 300명 가까운 직원이 거기 소속된 셈인데, 그들을 하나하나 구분하는 것은 큰 의미가 없다는 거였다. T로 통합된 의견이 나가는 게 당연하고, 그게 T 전략 3팀의 존재 이유이자 정체성이라고 했다. 그들은 별 반감이 없을 수 있겠지, 인간이 아니니까. 그렇지만 나는? 그 안에서 인정받기 위해 애쓸수록 나의 인간적 면모가 부각되었고 그건 좋은 게 아니었다. '지엽적인 것에 집착하며 만족할 줄 모른다'는 것이 T 전략 3팀 동료들이 나에 대해 내린 평가 중 일부였는데, 그게 단지 회식 때의 이벤트였음에도 불구하고 그것에 대해 곱씹을수록 기분이 더 나빠졌다. 그러한 결과가 조직 내에서 어떻게 활용될지 모른다는 긴장감도 한몫했다. 회식 때 오간 게임 결과에 집착하는 스스로가 좀 안쓰럽게 느껴질 정도였는데 알면서도 그 생각을 그만둘 수가 없었다.

'T답게' 떨쳐내려 애썼지만, 결국 이 잠입 놀이를 그만두게 한 결정적 사건이 생겼다. 최가 전해준 바에 따르면 T 팀의 인간 직원은 한 사람이라고 했다. 그 한 사람이 현명한 프롬프트로 많은 노동력을 관리하는 것에 대해 임원들이 아주 만족하고 있다는 거였다. 나는 깜짝 놀라서 물어보았다. "그럼 T 전략 3팀의 팀장이 그 유일한 인간이겠네?" 그러자 최가 농담하지 말라는 식으로 대꾸했다. "이 자린고비 조직에서 그럴 리가 있나? T 전략 3팀만이 아니라 몇 팀을 다 관리할걸?" 그렇다면 나는 그가 짜놓은 미로 속에서 열심히 뛰어다닌 게임말이었나? 오후에 도착한 T 전략 3팀의 단체 메일은 내 들끓는 속에 기름을 부었다.

"지난 회의의 결과가 아주 고무적이며, 그때 나온 몇 개의 아이디어에 대해서 특허 신청을 하려고 합니다. 현 저작권법상 AI로는 특허 등록이 되지 않아 T 전략 3팀을 담당하는 인간 직원과 공동작업으로 신청합니다."

잠시 가슴이 뛰었으나 그 인간 직원이 나일 리는 없었다. 시스템상 나는 여전히 T였다. 그 인간 담당자가 누구인지를 수소문하느라 이틀을 다 허비했는데도 그를 직접 만날 수는 없었다. 부서원으로서 담당 부서장을 거쳐야 한다는 조언을 받았을 뿐인데, T 전략 3팀의 팀장은 내 상황을 잘 이해하지 못했다. 나는 그만두겠다고 했다. 원래 자리로 돌아가겠노라고. 그러니까 내 사번이 이상하게도 T로 되어 있는데, 사실 나는 인간이며 T 3팀 소속이 아니라고. T 팀장은 내게 "당신은 훌륭한 우리 팀 팀원이었습니다. 우리 팀 에이스였어요."라고 즉각 말했다. 불만이 있다면 자신이 더 노력해 볼 테니 조금만 기다려 달라고 간곡히 부탁하면서 말이다. 그러나 다음날이 되어도 메일이 오지 않았다. 초조함을 들키지 않으려 애썼는데, 내 상황을 알게 된 최가 좀 심각한 사안 아니냐고 언급하는 순간 불안감이 증폭됐다. 기존에 내가 있었던 팀은 완전히 와해되었고, 최 역시 이미 다른 팀 소속이었으며, 내가 하던 업무도 완전히 사라져 있었다.

병마용갱 안에 몰래 들어간 사람들을 떠올렸다. 호기심으로 들어갔다가 그 안에 영영 갇힌 사람들도 있을까. 처음에는 들키지 않았다고 생각하다가 나중에는 아주 잊힌 사람들. 완전히 잊힌 사람의 이야기는 어떤 기사에서도 본 적이 없지만 당연히 잊혔기 때문에 보이지 않는 거겠지. 어쩌면 나도 그중 하나일까?

T 전략 3팀 팀장과의 메신저 대화를 작정하고 캡처해 두었는데, 나중에 그걸 읽은 지훈은 T의 말투가 필요 이상으로 우아하게 느껴진다고 했다. "과장님이 고르신 거죠?" 하길

래 무슨 말인가 되물으니 그 말투를 청자 입장에서, 그러니까 내가 조정할 수 있다는 거였다. 그렇게 도입된 지가 얼마 되지 않았다는데, 나는 전혀 모르고 있었다. 정중한 말투부터 유머를 탑재한 친근한 말투까지 선택할 수 있는 버튼이 시스템상에 있었다. 같은 내용에 유머를 추가했더니 조금 빈정거리는 투가 되었다. 나는 감자니 정육이니 그런 단어를 쓴 적도 없는데, 팀장은 그런 비유를 적극 활용했다.

"그러니까 지금 당신이 감자인데 정육 코너에 들어갔다, 이런 얘기인가요. 그렇다면 혹시 정육 코너에 들어오실 생각은 전혀 없으신가요?"

나는 그럴 생각이 전혀 없으며, 아이디어를 도둑맞은 것도 참을 수 없다고 했다. 공공의 이익도 중요하지만 개별적인 포상도 중요하다고 말이다. T 팀장은 나를 이해한다고 했다. 이런 민원이 솔직히 처음은 아니며 그렇기 때문에 약간의 기다림이 더 필요할 거라고도 했다.

"생각해 보세요. 공식적인 발령이 없으면 그건 스팸 메일이죠. 저는 몇 번 신고한 적도 있습니다. 메일을 받은 것만으로 제가 T가 된다는 게 말이 안 되잖아요."

"신고 해제를 하신 걸로 나옵니다. 두 차례. 날짜는 이렇게 됩니다. 그리고 정육 코너에 감자가 들어온다고 해서, 그

감자가 거기 계속 있을 수는 없는 법이지요. 보통은 솎아내게 되는데, 그게 아니라면."

"제가 고깃덩어리다 그 말인가요?"

"그쪽 재능도 있으시다는 말입니다. 어쨌든 이제는 원래 있던 곳으로, 아니, 그 가까운 곳으로 가고 싶으시다는 것이지요?"

"개똥밭에 굴러도 이승이 낫겠죠."

원상 복귀를 위해 신용카드부터 휴대폰, 주민등록증을 이용해 내가 김은우임을 하나하나 인증해야 했다. 그 과정에서 앱도 몇 개 깔아야 했고, T와는 아무 상관도 없어 보이는 팀에 가서 서류를 떼야 했다. 마지막엔 내 신분증을 들고 얼굴과 신분증이 모두 보이도록 사진을 찍었다. 화면 속의 T는 친절하고 단호하게 계속 지시했다.

"인식이 제대로 되지 않았으니 스물네 귀퉁이가 모두 잘 보이도록 들어주세요."

스물네 귀퉁이라니? "어디가 어떻게 해서 스물네 개가 되나요? 알려 주시면."

그들은 알려 주지 않았다. 다만 내게 더 노력할 것을 요구했고, 결국 귀퉁이가 모두 보이는 사진을 얻어 냈다.

다시 인간의 자리로 복귀하는 데 17일이 더 걸렸다. T로 근무한 만큼의 시간을 더 들인 후에야 원래 자리로 복귀할 수 있었던 셈이다. 복귀를 시도하고 기다리던 17일 동안에도 여전히 T로서 존재했으므로 한 달이 조금 넘는 시간을 T로 산 것이나 마찬가지였다. 내 몫의 월급을 받기 위해서 나는 그 한 달을 어떻게 보냈는지에 대한 보고서를 회사가 요구한 대로 써야 했다. 요구 사항은 늘 모순적이었다. '일목요연하게 한눈에 보고도 알아볼 수 있도록' 쓰되 '최대한 상세하게 적을 것'이 동시에 가능한가? 뭐, 회사 생활 하루이틀 하는 것도 아니니 나는 적당한 수준의 답을 알고 있었다. 맨 앞 장은 요약본으로, 그리고 한 장을 넘기면 거기서부터 사건 일지가 시작되는 걸로.

한 달간의 파견 근무로 처리되면 정말 좋겠다고, 멋대로 시스템 개편을 하면서 생긴 오류의 희생양인데 왜 시말서를 이쪽에서 쓰라고 하는 건지 모르겠다고, 그 서류를 누가 관리하는 건지도 모르겠다고, T팀이 관리한다는 얘기가 있던데, 아니, 당장 누구라도 그렇게 될 수 있는 거 아니야? 그거 실장 직속 아니야, 이거 그냥 은근슬쩍 인원 감축하려다가 들킨 거 아니냐고……. 마지막 말은 최가 했는데, 그는 뱉어 놓은 후에 자기 입을 때리는 시늉을 했다. 그러고서 내게 왜 그랬냐고 물었다.

"뭘?"

"그 보고서 계산 날짜 말이야, 하루가 안 맞아. 복귀 결정이 난 게 월요일인데 자긴 수요일에 복귀했다고. 화요일을 휴가 썼나 했는데 출근했잖아, T팀으로?"

"산수 잘하네. 하루가 빈다는 거잖아."

"몰랐어?"

"알았지."

"그래, 기록이 없잖아. 일부러 뺀 거야? 그래서 실장이 그걸 수선했어."

'수선'은 실장의 용어다. 그는 보고서에 민감했다. 나를 원래 자리로 돌려놓는 데 그가 애썼다는 얘기가 여러 경로로 들리긴 했다. 왜 굳이 실장이 나서서? 정말 그가 이번 혼란의 핵심 구멍이었을까? 화요일이 빈다고 재차 말하는 최에게 나는 확인하고 싶은 게 있었다고 대답했다. 정확히는 만나고 싶은 얼굴이 있었다고.

"또 얼굴이야?"

"자세한 건 비밀이야." 내 말에 최가 웃었다. "비밀이 어딨어."

"기록에 없는 구간이야. 그 하루는."

"역주행이야?"

"그럴 수도."

말하고 보니 기시감이 든다. 그랬구나, 언젠가 지나쳐 버린 얼굴을 확인하고 싶었던 그 순간처럼 이번에도 그랬던 거구나.

보고서에는 t가 죄다 T로 바뀌어 있다. 실장의 수선 흔적이다. T라니, 내가 하루를 T 전략 3팀에 머물며 만나려고 했던 t는 T가 아니다. t다. 대문자 T는 시스템을 말하는 언어이므로 내가 말하는 t와는 구분되어야 한다. 나는 T의 아주 작은 최소 단위를 가리키는 말로 t를 사용한다. 그래야 표정까지 알아볼 수 있을 테니까. t는 작아진 만큼 곳곳에 스며들 수도 있다. 침투할 수 있다. T가 인간이라면 t는 김은우, T가 인간이라면 t는 시오, 그런 거다.

다시 채소 코너로 돌아갈 감자에 대한 송별식은 꽤 근사했다. '새로고침'이라는 제목의 메일이 T 전략 3팀 모두에게 발송되었고, 그들 모두가 나를 위한 송별식을 열어 주었다. 이건 예상치 못한 일이었기 때문에 나는 너무나 당황했는데, 겁먹을 필요는 없었다. 그들은, 그러니까 T는 나를 위해 노래를 지어 주었고, 시를 읊어 주었고, 그림을 그려 주었다. 그림, 그 그림이 나를 진정으로 놀라게 했다. 내가 테니스나무 얘기를 그들에게 했던가? 제대로 한 적은 없는 것 같았는데 그림은 내 기억을 마치 알고 있는 듯했다. 관자놀이까지 시큼함이 치솟는 그 열매의 맛을 그대로 담아낸 것 같은 그림. 복슬복슬한 껍질을 까고 나면 그 안에 빛나는 과육과 새콤한 과즙이 가득할 것만 같은, 상상만 해도 내 혀에 침이 고이게 만드는 그런 열매.

당연히 AI를 이용한 그림이었고, 그 그림이 생성되는 데는 몇 초 걸리지도 않았다. 그들은 내게 어떤 그림을 받고 싶냐고 물었고, 나는 '테니스나무와 그 아래 떨어진 열매들'이라고 말했을 뿐이다. 아, 나무의 수종을 묻길래 비웃듯이 '느티나무'라고 추가 정보를 주긴 했는데, 그렇게 내 어느 시절을 스캔한 듯한 그림이 나오다니. T에서 다시 인간으로 돌아오는 과정에는 어떤 짐 옮기기도 필요하지 않았지만, 그림을 선물했던 그 T를, 아니, t를 다시 만나고 싶었다. 그런 소망을 내비치자 T들은 농담으로 받아들였다. AI잖아! 그러면서 그 그림을 휴대폰 안에 저장하지 않았느냐고 물었다. 당연히 그 그림은 내 휴대폰 안에 있었지만, 내가 원하는 건 결과물로서의 그림 한 점이 아니라 그 그림을 그린 주체와 다시 만나는 순간이었다. 그러니까 아마 300명 중 하나겠죠, 라고 하자 T가 대꾸했다. 순진하시네요. 그렇게 계산할 수가 없어요.

1km 전에 지나쳤던 얼굴을 떠올리다 몸을 돌려 되돌아간 그날처럼 나는 이동되기 전 하루를 그 그림을 그린 AI 작가, T, 그러니까 t를 다시 찾는 데 쏟아부었다. T들은 내 소망에 대해 그건 불가능하고 무의미한 일이라고 말했다. 아무리 같은 프롬프트를 넣는다고 해도 같은 그림을 만날 수는 없을 거라고 했다. 내가 같은 그림을 찾아내려고 하는 그 순간에도 AI는 모든 가능성을 씨앗 삼아 새로운 그림을 탄생시키고 있으며, 지나간 걸 반복하지 않는다고. 몇 점의 그림을 가지고 돌려막기 하는 게 아니라고. 그건 마치 해변에서 모래알 한 톨을 찾아내는 것과 같다고. 방금 떨어뜨린 그 모래알을 주워서 뭘 하겠느냐고. 설사 뭔가를 찾아냈다고 확신하더라도 그게 바로 그 모래알인 걸 증명할 방법이 어디에도 없으니 결과적으로 그 조우란 불가능한 거라고, 아무리 같은 시도를 해도, 같지 않을 거라고. 왜냐하면 굳이 그럴 필요가 없기 때문에. 지금 이 순간도 지나가고 있다고, 매 순간 변하고 있는데 되돌아간다고 해서 그 순간을 만날 수는 없는 거라고, 그들은 나를 달래기까지 했다.

비효율적인 일에 몰두하는 인간을 깔끔하게 정리하기 위해서인지, 그들은 화요일이 완전히 끝나기 전에 그 AI 작가, t가 발생한 순간을 다시 불러왔다고 말했다. 300명이 품고 있는 무수히 많은 가능성들을 다 곱한, 어마어마한 확률 속에서 기적처럼 t를 찾아냈다는 거였다. 갑작스러운 태세 전환에 내가 어리둥절할 틈도 주지 않은 채, 나를 제외한 모두가 t를 불러왔다. 그들은 그가 바로 내가 찾던 t라고 말했고 t는 자신이 바로 그라고 말했다. 그렇게 나는 t 찾기를 그만두었다.

내가 만나고 싶었던 건 그림을 그린 완벽한 순간의 t였으나, 팽창하는 우주 속 별들처럼 그것과 나 사이는 계속 멀어졌다. 언젠가 들었던 말처럼 허공을 떠돌던 것이 우연히 만나 아주 잠깐 공유한 접점이었을 수도. 나는 그걸 다시 불러오려고 했고, 실패는 예견되어 있었다.

"일시 정지 버튼이요."

다시 같은 팀이 된 지훈이 가리키는 쪽을 바라보니 작은 초콜릿 하나가 놓여 있다. 포장을 풀어 그 까만 동그라미를 입에 넣는다. 어릴 때 먹던 초콜릿이다. 이게 다시 나온단 말이야? 저만치서 최가 다가와서 우리 팀 막내는 아무래도 나이를 속인 것 같다고 너스레를 떤다. 80년대 초반생이 분명하다고, 취향이며 생각이며 상당히 그렇다고. 취향보다는 언뜻언뜻 보이는 표정이 어딘가 성숙한 이 막내 사원은 재빨리 움직여 초콜릿 하나를 내 팔꿈치 옆에 새로 올려 둔다. 일시 정지 버튼이 초콜릿이었구나, 하자 그는 더 쉬운 건 '잠'이라고 말한다.

"잠? 지훈 씨 잠 몇 시간 자?"

이면지 위에 적당한 크기의 원을 그린 후 지훈에게 묻자, 그는 특별히 많이 자는 건 아니라고 답한다. 그러고는 내 책상 쪽으로 다가와서 기존 원을 침범하는 원을 하나 더 그린다. 두 원 가운데 교집합이 생긴다.

"왼쪽 원은 과장님이 아는 시간, 그리고 오른쪽 원은 과장님이 모르는 시간이에요."

"모르는 시간은 뭐야?"

"잠이요. 이렇게 접근하면 자는 시간이 중요한 게 아니거든요. 전혀 다른 지대예요. 잠은. 그럼 이 교집합 부분은 뭐게요? 현실과 잠의 경계?"

"알람?"

지훈이 빙그레 웃고는 "꿈이요!" 한다. "아아, 꿈!" 하고서 최는 자신의 섬으로 되돌아간다. 지훈은 아직 되돌아가지 않고 거기 서서 꿈에 대해 고백한다. 비밀스러운 것들을 꿈에 넣어 둔다고 말이다. 꿈은 손상 없이 모든 것을 보관할 수 있다고. 노을 감상 시간 같은 것인가? 나는 그 아몬드 모양을 오래 바라본다.

"꿈으로 옮겨 두는 데 성공한다 치더라도 그다음에는 어떻게 되찾지? 나는 같은 꿈을 꾼 적이 한 번도 없는데, 그 꿈을 빠져나온 다음에는 다시 들어갈 방법이 없지 않나?"

그러자 지훈은 조금 더 단단해진 목소리로 말한다.

"그걸 찾는 사람이 꼭 나여야만 하는 건 아니니까요."

"그럼 누가?"

"누구든. 꿈은 담벼락이 없는 공동지대예요. 꿈에 묻어 둔 것, 흘린 것, 누구라도 발견할 수 있겠죠. 발견되지 않아도 거기 있는 거고. 그렇게 열어 두는 거예요."

열어 두는 거구나, 혹은 놓아 주는 것이기도 하고.

지훈은 꿈을 꾸러 돌아가고, 나는 꿈 없는 잠으로 가득한 내 밤에 아몬드 모양 구멍을 뚫는 상상을 하며 걷는다. 걷다 보니 테니스나무 앞이다. 나무는 어디에도 매인 곳이 없는 존재처럼 풍성한 머리카락을 가볍게 털어내고 있다. 내가 되돌리고 싶은 것은 시오와의 이별이 아니다. 시오를 다시 만난다고 해도 달라지는 것은 없을 것이다. 다만 그가 벗어 둔 신발에서 곤충이 탈피한 흔적을 떠올렸던 순간, 신발에 뭐가 적혀 있네, 하면서 어느 마라톤 스타가 써둔 단단한 말을 함께 읽었던 순간, 테니스나무를 테니스나무라고 부르던 순간,

군중 속에서 나와 똑같은 사람을 발견하던 순간, t를 수많은 가능성 속에서 잃어버린 순간, 이미 지나쳐서 잔상만 남은, 그러나 여전히 삶에서 휘발되지 않은 순간들을 한 번 더 목도하고 싶을 뿐이다. 그러나 그 마음을 아몬드 모양 꿈에 저장하기로 한다. 테니스 열매의 씨앗이 있다면 꼭 이렇게 생기지 않았을까 생각하면서.

윤고은

2008년 '한겨레문학상'을 받으며 본격적으로 작품 활동을
시작했다. 소설집 『1인용 식탁』, 『알로하』, 『늙은 차와
히치하이커』, 『부루마불에 평양이 있다면』, 장편 소설
『무중력증후군』, 『밤의 여행자들』, 『해적판을 타고』,
『도서관 런웨이』, 『불타는 작품』 등을 썼다. '한겨레문학상',
'이효석문학상', '대거상 번역추리소설상' 등을 수상했다.

작가의 말

어느 여름날에 본 풍경이 이 소설의 시작점이었어요. 밤의 테니스코트에 라임빛 열매들이 떨어져 있었죠. 당연히 열매가 아니라 테니스공이었겠지만, 제가 며칠 더 그 길로 지나갔던 건 테니스공을 보기 위해서가 아니라 라임빛 열매를 보기 위해서였어요. 사실이 아닌 걸 알면서도 기꺼이 사로잡히고 싶은 세계였거든요.

요즘 제가 집중하는 것은 찰나의 움직임이에요. 한순간에 나를 홀린 것, 그리고 내내 놓아 주지 않는 것에 대해 쓰고 있어요. 우리의 어긋남은 그 반짝임을 계속 응시할 수 없다는 데서 옵니다. 컨베이어벨트나 트랙 위에 놓인 것처럼 앞으로 나아가야 하니까요. 그래서 이 소설에 역주행하는 러너가 등장했어요. 잠깐 스친 무언가를 다시 확인하기 위해 흐름을 거스르는 사람이요. 내 일부를 빼앗긴 듯한 그 자리로 돌아가려는 사람이요. 나를 놓아 주지 않는 것이 익숙한 사물이고 운이 좋다면 찾을 수도 있겠죠. 그렇지만 사물이 아닐 때도 있잖아요. 분실한 지점이 어디인지, 목격한 지점이 어디인지 찾지 못할 수도 있고요. 매혹이나 균열의 순간을 완벽하게 되찾기란 불가능할 거예요.

그럼에도 뒤돌아보는 사람을 위해 꿈을 준비했어요. 꿈은 아주 얇지만 찢어지지 않는 소재로 이루어진 이불 같아서 일상의 틈새에 책갈피처럼 끼워 둘 수 있어요. 테니스코트 바닥에 뒹구는 공들이 꿈속에서라면 라임빛 열매가 되죠. 나무에 주렁주렁 달려 있고요. 그 두 세계 사이의 단차를 인정하는 힘, 그것도 포용이라고 부르고 싶어요. 포용은 타인 간의 관계에서만 유효한 것이 아니니까요. 내 안의 무수한 술렁거림을 위해서도, 이미 놓쳐 버린 순간과 지금 여기의 동거를 위해서도 포용이 필요해요. 하나의 원이 다른 원을 안거나 품는 형태로만 포용을 말할 수 있는 건 아니에요. 두 원의 일부가 살짝 겹쳐진 형태로도 포용을 꿈꿀 수 있죠. 하나의 원이 우리의 현실이라면 다른 하나는 우리의 잠이에요. 원과 원 사이, 아몬드 모양으로 탄생하는 교집합을 꿈이라고 부릅니다.

저는 원래 꿈을 많이 꾸던 사람이었는데요, 꿈을 많이 꾸는 인물을 소설에 들여놓은 이후로 제게는 꿈 없는 잠이 이어졌어요. 가끔 꿈이 저를 찾아오면, 아, 오늘은 그 대신 내가 꿈을 꿨구나, 하고 생각합니다. 꿈이 제 머릿속에서는 몇 사람을 거쳐 길게 흐르는 강처럼 느껴지기도 해요. 꿈의 세계에는 담벼락이 없죠. 행인들이 서로의 꿈을 겹쳐 둘 수도 있죠. 꿈에서 만나요. 당신 원의 한쪽 끝을 살짝만 열어 두세요. 꿈이 흐르는 방향으로요.

보라색 뗏목
Purpleraft

홍한별 옮김

조던 스콧

우리 육신은 여름 새벽 제비 안에 붙들려 있어, 사샤. 나는 사탕풀* 속에, 바스락거리는 소리에, 원형질에, 꾸르륵거리는 비췻빛 안에 있어. 나는 들꽃을 포도보라색 크레용으로 칠해. 말해, 작은 아침아. 연보라색 과꽃과 노란 미역취꽃. 말해, 우린 언어를 망가뜨린다고. 말해, 우리가 언어를 **너무** 사랑해서 **부서뜨리고 말 거라고.** 말해.

축축한 얼음을 입술에 대고 우린 무지막지 두 번 다시는.** 나는 내 심장이 있어야 할 곳, 있었던 곳에서 네 옹알이하는 입에서 나온 빛살을 빨아들여. 달 푸르르 펄럭펄럭 추르륵.

---

* 미국 남동부에 자생하는 원지속 습지식물로 학명은 Polygala lutea.

** 저자와 아들 사샤가 장난하며 주고받는 문구.

다시 함께 짐승이 되자. 코끼리 조개를, 울버린을 부르는 말들에 잠들자. 우리 몸을 눕히자. 내가 가진 입에 공허가 낄 틈은 없어, 사샤. 내가 너에게 말 걸고 싶은 방식에 실수가 낄 틈은 없어. 우리에게 아침을 내리자.

널 처음 봤을 때 내 목소리로 헐벗은 나뭇가지를 달래는 꿈을 꿨어. 끈적한 우유 같은 말에 그림자가 달라붙었지. 사샤, 네 목구멍은 좁고 반투명해. 사샤, 내 목구멍은 톱밥 같아.

사샤, 나는 딸기나무 가지를 딸기처럼 부드러운 비단에 찍어 너에게 이 편지를 써.

소풍에서 돌아와 드넓은 하늘이 우리 집 위에 무성하고 유려하게 펼쳐지네. 어딘가 금칠이 된 산. 어딘가 모든 곳의 끝. 어딘가 불가능한 열기. 포도보라색 크레용. 들꽃, 네가 나에게 말해 주었던. 영원한 진주.* 놀라운 이름들. 이미 잊힌 이름들.

* pearly everlasting. 진주 방울 같은 흰 꽃이 빽빽하게 피는 국화과 식물로, 학명은 Anaphalis margaritacea. 한국에서는 산떡쑥이라고 부른다.

사샤, 나는 제비꽃 철필로 너에게 이 편지를 써. 네 혀 위에서 한숨 한숨, 높은 산에 피는 꽃처럼 밟아 으깨라고.

사샤, 나는 언어에서 나오고 싶어서, 내 성대에 박힌 단어들에서 벗어나고 싶어서 편지를 써. 마치 언어가 내 몸이 아니라 단어들로 이루어진 양, 벗어나고 싶어. 그러고 싶어. 그리고 다시 흙 음절 땅 사람 모래 소용돌이 속으로 빨려 들고 싶어.

삶이 날 약하게 해, 사샤. 나는 나약해. 내 심장은 온통 그늘 속에 있어.

병든 황토색이 우리 차를 덮치고 질병과 산불에 신음하는구나. 내가 지금껏 꾼 모든 악몽 속 몸뚱이들 같은 색. 죽은 그리고 죽어가는 우리 식구 전부. 이제 빛이 흩뿌려진 강 위에 플라타너스 그림자 흉터도 나지 않고 이제 백합나무*에서 조상들의 목소리도 들리지 않아. 이런 것들은 너에게 말하지

* 북아메리카 원산의 키가 큰 활엽교목으로 튤립 포플러라고도 하며 학명은 Liriodendron tulipifera.

않고 마음에 담아 두지. 오닉스 빛 안개 속 반짝이는 찔레 덤불. 난 말할 수가 없으니까. 내 말을 어떻게 너에게 설명하지, 사샤? 모든 것의 끝을 어떻게 설명하지?

아침이야, 사샤, 아침, 해돋이. 압도적인 핵의 빛. 언어가 날 다정하게 망가뜨렸어. (언어도 나에 대해 그렇게 말해 주면 좋으련만.)

너의 부드러운 팔 위 점액 자국. 평범한 곳, 몸. 네가 일곱 살이 되면. 네가 열네 살이 되면. 단어가 돌멩이처럼 굴러 내려. 산 너머에서, 텅 빈 물탱크 안에서 돌멩이가 부싯돌을 쳐. 공중제비를 돌며 들어가, 소리를 내지, 어둠 속에서.

내가 널 안으면, 사샤, 둥둥 떠오르는 것 같아. 나무 꼭대기에 점점이 박힌 안 먹은 버찌 몇 개에서 나와서. 너한테 말하고 싶어—몸이 전부라고. 숲은 격렬한 열기로 만들어졌지. 그토록 많은 기다림으로 푸르르게. 오늘, 내일, 어제. 네 살갗이 흙빛이 될 때. 내 가쁜 숨이 곤두박질치는 소리가 들리니? 살갗은 욕구. 누렇게 뜨지. 내 말들은 전부 도시의 쓰레기새처럼 흩어져. 쉬, 조용히. 둥근 해, 구릿빛 페니가 네 갓난 손

안에 웅크리네. 나는 비명올빼미*의 둥지를 먹어.

네가 이렇길 바라진 않아, 사샤.

내가 들꽃의 이름을 잊더라도, 네가 나무를 사랑했던 것은 기억해. 한없는 두께, 텅 빈 깊이와 터무니없는 둘레. 우리는 인간의 몸 밖으로 나왔지. 너는 나에게 들고양이처럼 말했어. 나는 청개구리 말로 더듬거리지 않고 너에게 개굴거렸어. 이끼와 이판암으로 된 안락의자에서 보낸 숲속의 시간들. 인간의 몸에서 나와서, 사랑하며.

뭐가 내 입을 터뜨릴까, 사샤? 입술에 손가락을 갖다 대. 지의류의 속삭임 사이에. 잘 못 하겠어.

내 마음속에서 난 여전히 네 발로, 스라소니, 코요테, 줄무늬올빼미, 오목눈이처럼 울어. 사샤, 너는 숲바닥을 걷지. 아네모네가 네 척추에서 피어나고. 네가 내 귀를 다정하게 건드리지, 진실하게 점균류처럼 유려하고 아름답게.

* screech owl. 북아메리카귀신소쩍새라고도 한다.

사샤, 내가 이렇게 말할 때, 내가 이렇게 말할 때, 내가 이렇게 말할 때, 내가 이렇게 말할 때, 너는 숨는 것 같아. 내가 이렇게 말할 때 너는 숨고 내가 네 아빠이길 바라지 않지. 애정은 날아가고 내 목구멍은 쭈그러들어. 물렁한 내 상체는 끈끈한 과일젤리처럼 남쪽 북쪽, 서쪽 동쪽으로 펼쳐져. 뼈 대신에 구멍 숭숭 난 스펀지 태피.* 말랑한 네 마시멜로를 꼭 끌어안아. 미로 같은 팔다리, 뒤엉킨 촉수, 먼저 물이 빠지고, 바싹 말라 버리지. 버려진 채.

내가 처음으로 한 그림자 말은 사실은 네 말이었어. 한때 우리가 함께 소리 내어 읽던 책의 문턱을 드나드는 말.

또 나야, 사샤. 무성한 여름의 정점에 있어. 몽유병자가 흘린 빵 부스러기가 우리가 함께 만든 절망까지 길을 이어. 풀은 전부 사라졌네. 바다사자가 구멍 숭숭 난 거울처럼 숨을 쉬어. 학질. 이 절망, 우리가 함께 만들었지. 나는 네가 네 인간의 얼굴을 미워하게 되는 모습을 보고 네가 8월 1일의 성

* sponge taffy. 한국의 달고나처럼 녹인 설탕에 베이킹소다를 넣어 부풀린 사탕.

마른 강황빛 하늘이 수정 없는 동굴이라고 생각하는 소리를 들어.

쉿. 숨 쉬지 마. 사샤, 언어가 완벽히 부서지게 두자, 쓸모없는 종유석처럼 산산이 조각 나도록. 나는 내 뒤로 돌아가 버려진 정원 끝의 돌배나무 뒤의 돌능금 뒤의 형상이 돼.

내가 너에게 주고 싶은 단어들은 탁하지 않아. 붙잡혔지. 가라앉았고, 묶였고, 붙들렸어. 우리가 아는 빨간 피크닉 아이스박스 안 무지개송어처럼, 전리층을 향해 피를 전부 뽑지.

작은 짐승들의 들에서 사람이 되긴 힘들어. 네가 힘들다고 말했지, 사샤. 원숭이꽃*이 계속 이름을 바꾸는데 사람이 되긴 힘들다고. 나리에서 미선콩**에서 그림붓***으로.

---

* monkey flower는 Minimulus속의 꽃을 가리키는 말인데, 과거에 150종의 꽃이 이 속에 포함되었으나 지금은 다시 분류되어 7종만 남았다.

** lupine. 가는잎미선콩속의 풀로 보라색 꽃이 핀다.

*** (Indian) paintbrush. 카스텔리야라고도 하는 붉은 꽃이 피는 풀.

네가 들판에서 성가시고 굉장하고 뻔뻔한 불가사리 손으로 점수를 내는 걸 보고 싶어. 모든 게 완전한 형광빛에 잠기도록 네가 풍경을 녹이는 걸 보고 싶어. 나는 데이지 꽃잎 한 장을 거친 자갈밭에 던져.

사샤, 내 마음속에서 나는 여전히 네발로 기면서 너에게 통나무 아래의 공벌레를 보여 주고 있어. 네가 내 말을 들어준다면. 구불구불 기는 검은 강과 널 따라다니는 개는 네 뒤에 이어지는 자취를 상상하지. 우리 말들에서 곰팡이 덩이가 떨어져. 개의 토사물. 아, 장려한 점균.

우리 혀가 인간이 할 수 있는 모든 것이기만 하다면. 네 아빠의 말은—내 말은—친밀한 공포 속에서 으깨진 블랙베리야. 너무하지, 나한테도. 네 아빠는 졸린 절개처럼, 면도날에 베인 눈처럼, 자기 머리를 발로 치는 곡예사처럼 말해.

격한 때가 되었어. 계속 짖어, 사샤. 완벽한 너의 성채를 찾아.

지금은 묘지의 불빛이 한창이구나. 반딧불이 텅 빈 소나무 관을 탐사하네. 쉴 새 없는 비가, 이제. 작열하는 비가 공중에 글을 쓰지. 더는 궁금해 하지 말라고.

너에게 말한 적 있지, 사샤. 우리 둥지의 분비물은 양식화된 근육이고, 이 근육은 애도의 유계流系이고, 오후의 이름 없는 호수라고. 또 너는 네 곁의 몸에 대해 말했지. 이 호수 안으로 허리까지 천천히 신중하게 달의 폐허 위로 지나가는 그림자처럼 걸어 들어가는 몸을.

우리가 헤엄치는 곳 위쪽 언덕에 집이 있어, 사샤. 청록색 물이 사방으로 쏟아지며 감옥의 매와 감방 울새가 윤곽을 윤간하는 둥그런 상상, 물을 향해 탈출하는 물의 아수라장, 또 다른 아수라장을 향하고 또 향해서.

말라서 찰박거리는 호수 바닥 속으로 발목까지 잠기며 걸어. 풀밭이 될 수도 있었을 계피색 깃털이 반짝이는 봉우리 쪽으로 설형문자 같은 뻬다귀를 밀어 올려.

오늘은 6월 30일, 찬란할 여름의 선봉이야. 사샤, 내가 너를 뱀처럼 둘둘 감아서 너를 바꾸려는 생각을 했을지 몰라.

휜등마멋처럼 꼬물거리는 선인장을 뱀처럼 둘둘.

몸부림치는 몸을 시의 행으로 가늠하자면, 나는 지금 전에 호수였던 썩은 물 아래에서—물고기 썩는 냄새와 잃어버린 것들의 부엽토 속에서—위를 바라보며 어린아이처럼 우짖으며 빙하처럼 온전하게 데려가 달라고 빌지. 네가 나를 구해 줄 수 있다면 네 격렬한 팔로 나를 빙산처럼 감싸 주렴.

내 목덜미를 잡아. 괜찮아, 사샤. 난 지금 리버베리*안에 있어. 몽롱하게 흐릿한 키니키닉.** 나는 마녀의 종이야, 배 없이 떠다니지. 지금. 나는 하얀 헤더***를 포도보라색 크레용으로 칠해. 나는 우리가 이 순간을 넘어 사랑하기를 기다려. 우리의 목가성을 넘어 사랑하기를.

우리가 마지막으로 무언가 말했을 때, 네가 이렇게 말한 것 같아. 나 월귤나무에 쉬 할래. 거름을 줄래. 나는 지금 매

---

* liverberry. 북아메리카 숲에 자생하는 다년생초로 죽대아재비속에 속한다.

** 북미 원주민이 흡연하는 잎과 나무껍질 혼합물.

*** 황야 지대에 자라는 관목. 보통 분홍색, 보라색, 흰색 꽃이 핀다.

운 생강 뿌리야. 우리의 엉망진창의 상류야. 여기에서 어디로 가지?

나는 네 오줌에서 두려움 한 방울을 빌려 그걸 다시 눈물로 쏟고 또 쏟지. 우린 언어를 으깨. 나는 그걸 버려진 깡통처럼 씹지. 여기 연한 데가 까지도록. 한없이 이렇게 말하는 부드러움. 사샤. 사샤. 사샤.

우리는 이제 비의 심장에 있어, 사샤. 타피오카로 만든 신발, 구름 같은 손가락, 둔한 머리. 나는 들꽃을 포도보라색 크레용으로 칠해. 네가 말했던 들꽃들. 멋진 이름이 있는. 바위떡풀. 바늘꽃. 설령쥐오줌풀.

이제 날 잊어.*

박새 입안 같은 네 살갗이 멀어진 우리 사이를 따스하게 덥혀. 살갗은 욕구. 너는 묻지. 나한테 산을 그려 줄 수 있어 아빠? 내가 색칠할게.

---

* 잊지 말라는 뜻을 가진 물망초(forget-me-not)의 마지막 단어를 'now'으로 바꾸었다.

들꽃처럼, 때로 나는 완전함을 추구하진 않겠다는 생각을 해. 나는 오류들로 이루어져 있지. 나는 언어의 고질적인 가뭄이야. 나는 언젠가 어떤 나무가 너를 알아볼 거라고 말하고 싶어. 네 얼굴에서 볼 수 있어. 원자, 종자 목록, 극장.

아무것도 잘못된 것이 없고 우리가 그저 여기에서 살기를, 언어가 입 밖으로, 조심스레, 잠든 듯이, 나오도록 기다리고 있다고 해 보자. 사샤, 그렇다고 해 보자.

너는 식물이 내는 소리를 생각하지. 달빛을 받은 산, 중력의 빛살은 따스한 딸기 맛이 나지. 수풀 뒤로 가서 응가 하렴, 사샤. 초콜릿 튜브. 시간이 많지 않아. 창자가 어둠 속에서 터져. 방사와 내장. 망고 아이스바가 입술을 물들여. 너는 시간을 오묘하고 성마른 늑대 젖으로 장식하지. 너는 놀고, 믿어. 너는 여기 말할 수 있는 것을 위해 왔고, 난 널 실망시켰어.

네가 없이는 언어를 상상할 수가 없어, 사샤. 네 이름은 발음하기 좋아서 고른 이름이야. 사샤, 나는 네 지저분한 얼굴에 깨달음이 스치는 걸 느껴. 이제 조용히, 사샤. 쉿, 이렇게. 이렇게 나는 진흙투성이 세상에서 말로 인해 익사해.

생각해 사샤, 너의 간명함, 너의 말 공사장.

네 안에서 숲이 웅웅거리지.

네 본성은 물에서 흐르는 언어야.

너는 폭포를 너무나 사랑하지.

네 이름을 말하면 기분이 좋아.

© Andrew Zawacki

조던 스콧

Jordan
Scott

캐나다 브리티시컬럼비아주에서 태어났다.
'말을 더듬는다는 것'에 대해 시적으로 탐구한 작품집
『바보(Blert)』를 비롯해 많은 시를 세상에 내놓았다.
캐나다 시 문학에 대한 공헌을 인정받아 캐나다 라트너 문학
신탁상을 수상했다. 어린이책으로는 자전적인 이야기를 담은
그림책 『나는 강물처럼 말해요(I Talk Like a River)』,
『할머니의 뜰에서(My Baba's Garden)』가 있다. 『나는 강물처럼
말해요』는 '보스턴 글로브 혼북상'을 수상했으며, 뉴욕타임스,
워싱턴포스트, 퍼블리셔스위클리를 비롯한 북미 지역을 대표하는
여러 일간지와 서평지에서 올해의 책으로 선정되었다.

작가의 말

내 이름은 조던 스콧입니다. 나는 시인이고, 아버지입니다. 나는 시인이고 아버지이고—말을 더듬습니다.

수십 해 동안 나는 말더듬이로 사는 법을 익혔습니다. 나는 자신 있게 말합니다. 나는 기쁨을 안고 삽니다. 내가 느끼는 가장 큰 기쁨은 나의 두 아들 사샤와 로언과 사이에서 느끼는 유대, 우리가 사는 캐나다 브리티시컬럼비아주 밴쿠버섬의 장려한 자연으로 떠나는 나들이에서 옵니다.

한 해 전부터, 이제 열두 살이 된 사샤가 내가 말을 더듬을 때 곤혹스러워하는 것을 보고 나는 말할 수 없이 고통스러웠습니다. 전에는 그러지 않았거든요. 때로는 내 아들이 내가 자기 아빠라는 걸 부끄러워하는 것 같았습니다. 아빠가 이렇게 말한다는 것, 발작하듯, 움찔하고 버벅거린다는 걸 부끄러워하는 것 같았습니다.

나는 아들들을 너무나 사랑합니다. 사샤의 거부가 나에게 차마 표현할 수 없는, 영원히 표현 못 할 감정을 안겨줍니다. 이미 극복했다고 생각했던 끔찍한 감정, 내 발성 기관을 찢고 내 입안에 사는 사나운 채찍뱀 무리를 죽이고 언어의 허물을 벗어 던지고 싶은 충동이 솟습니다.

사샤를 원망하지는 않습니다. 내 몸을 원망합니다. 사샤가 언젠가는 나를 받아들일 걸 압니다. 나중에는 나의 말더듬을 받아들이겠지요. 내 머리로는 압니다. 내 가슴은 모릅니다. 내 가슴은 자기 비명을 먹고 싶을 뿐입니다. 내가 어떻게 해야 하지, 이제, 사샤의 호수처럼 파란 눈에서 저 끔찍한 거부감을 지우려면?

여기에 내가 쓴 시는 사샤에게 보내는 편지의 형태로 되어 있습니다. 우리가 자연에서 함께 보낸 가장 행복했던 순간에서 가져온 이미지들로 정서적 은신처를 만드는 한편, 아들에게 나에 대한 사랑을 버리지 말아 달라고 호소합니다.

감정이 극단적이다 보니 내 시 「보라색 뗏목」의 언어가 때로는 극단적으로 뒤틀리기도 합니다. 삶, 말더듬, 부성父性을 노래하는 시인인 나에게는 이것이 내 감정의 음조에 맞게, 도무지 말을 듣지 않는 내 입이라는 육체적 현실에 부합하게 글을 쓰는 유일한 방법입니다.

미션: 다이아몬드

정보라

ONK0AK4PCYOW는 지구에서 60광년 떨어진 외계 행성이며 지적 생물체가 살고 있다. 외계 행성치고는 지구와 비교적 가까운 거리에 있다는데 (천문학자들의 기준은 잘 이해할 수 없다.) 그동안 지구상의 여러 우주 기관들에 포착되지 않은 이유는 ONK0AK4PCYOW (줄여서 '온코아') 주민들이 뛰어난 기술력을 활용하여 지구의 끊임없는 우주 관측과 여러 탐사 시도를 잘 피해 왔기 때문이다. 그러다가 드디어 페르미의 역설이 풀리는 순간이 왔다. 발달된 외계 문명이 존재할 가능성이 매우 큰데 어째서 외계인은 지구에 신호를 보내지 않는가? 어째서 우주는 '위대한 침묵'을 유지하는가? 알고 보니 답은 간단했다. '너희들하고 굳이 얘기하고 싶지 않다'가 그 이유였던 것이다. 사실 온코아 행성에서 보내온 첫 번째 신호를 천신만고 끝에 해독해 보니 그 내용은 놀랍게도 '그만 좀 귀찮게 굴어'로 요약할 수 있었다고 언론은 대서특

필했다.

실제 발달된 문명을 가진 외계 종족으로부터 이렇게 명확한 거절의 답변을 들은 지구 과학자들은 낙담했다. 그러나 1957년 소련이 인류 최초의 인공위성 스푸트니크 1호를 쏘아 올린 이래 한 세기가 넘도록 탐사하고 연구하고 노력한 끝에 드디어 지성과 문명을 보유한 외계 존재로부터 뭐라도 대답을 듣게 되었으니, 비록 그 대답이 '저리 가'로 요약될지언정 지구 과학자들은 여기서 포기할 수 없었다. 이제는 과학자뿐 아니라 전문적인 외교관들이 동원되어 끈질기게 설득한 끝에 지구는 드디어 온코아 행성과 공식적인 수교를 맺게 되었다.

그 공식적인 수교를 맺는 사절단에 내가 왜 뽑혔는지는 알 수 없다. 나는 그냥 한국 아줌마다. 그런데 아줌마치고 수다를 잘 떠는 것도 아니고 사근사근하거나 붙임성이 좋은 것도 아니고 그렇다고 남을 잘 돌봐 주거나 살림 솜씨가 뛰어난 것도 아니니까, 사실은 일반적인 한국 아줌마에 비하면 좀 열등한 아줌마라고 할 수 있다. 그런 데 비해서 내가 딱히 인류를 대표할 만한 무슨 다른 장점을 가진 것 같지도 않다. 지구 대표에 뽑혔다는 전화를 받았을 때 나는 보이스 피싱이라고 확신했기 때문에 나한테 전화한 번호를 차단해 버렸고 그래서 외교부와 항공우주연구원 사람들이 진짜 보이스 피싱범처럼 여러 가지 다른 전화번호를 사용해서 나에게 연락을 취하려고 노력하다가 결국은 종이에 공문을 써서 주소지로 등기우편을 보냈고 나는 이 공문을 경찰에 신고했으며 경찰이 나에게 공문이 진짜라고 말해 줬기 때문에 반신반의하면서 경찰서 민원실에 그대로 서서 여차하면 다시 신고할 태세를 갖추고 공문에 나온 번호로 전화를 걸어서 결국은 우주항공연구원 담당자와 통화를 하고 나로우주센터까지 오게 된 것이다. 쓰다 보니까 의심이 많은 것 하나는 기술과학적 사기가 난무하는 시대를 살아가는 지구인으로서 장점이라고 할 수도 있을 것 같다.

나로우주센터에서 나를 마중 나온 직원은 함께 온코아 행성에 가서 수교를 맺는 임무, 암호명 '미션 다이아몬드'를 수행할 다른 대표 한 명은 캐나다 사람이라고 했다. '미션'에다 암호명이 있다고 하니 왠지 영화에 나오는 스파이가 된 기분이었다. 공동 대표가 캐나다 사람이라는 말에 나는 조금 당황했다. 옛날에 어렸을 때 다녔던 태권도 도장에 캐나다에서 온 백인 아저씨가 있었다. 키 크고 힘 좋고 태권도도 잘해서 무난히 1단을 따고 블랙 벨트가 되었다며 기뻐했는데, 한국 근무 기간이 끝나고 애인이 캐나다에서 기다린다며 1단만 따고 자기 나라로 가 버려서 관장님이 무척 아쉬워했다. 캐나다에 대해서 내가 아는 건 관장님이 서울 변두리 태권도 스타로 키우려 했던 그 아저씨가 전부다. 그리고 19세기 토론토를 배경으로 한 범죄 수사 드라마를 무척 재미있게 보기는 했지만 19세기는 너무 오래전이니까 현재의 캐나다가 그 드라마에 나오는 시대처럼 생겼을 리는 없다.

두서없이 이런 생각을 하면서 나의 파트너를 만나러 갔다. 조그만 방에 검고 긴 머리를 연한 갈색 피부 위로 내린 사람이 혼란스러운 표정으로 앉아 있었다. 캐나다 사람이라고 미리 듣지 않았다면 피부색과 얼굴만 언뜻 보고 나와 같은 아시아 사람이라고 생각했을지도 모른다. 캐나다의 '첫 국가(First Nations)' 사람일 것이라 나는 짐작했다. 내가 '인디언' 따위 부적절한 멸칭이 아니라 '퍼스트 네이션'이라는 표현 정도만이라도 알고 있는 이유도 역시 영화에서 본 퍼스트 네이션 배우들 때문이다. 대표성이라는 게 이렇게 중요하지만, 바꿔 말해 보면 화면에서 본 몇 사람 말고 퍼스트 네이션에 대한 나의 지식은 없다는 얘기다.

그래서 나는 첫 대면부터 실례를 저지르지 않을까 긴장했지만 상대방은 그냥 평범하게 나에게 손을 내밀고 악수를 청했다. 나는 얼른 손을 잡고 내 이름을 말했다. 상대방이 친절하게 미소 지었다.

"난 글렌이에요. 만나서 반갑습니다."

나와는 달리 글렌은 자신이 지구 대표로 선정된 이유를 정확하게 알고 있었다. 여성 아니면 남성이라는 성별 이분법에 속하지 않고, 백인이라는 주류 인종에 속하지 않고, 영어라는 주류 언어가 아닌 자기 민족 언어를 모국어로 삼고 살아왔으며, 청각 장애 부모에게 태어나 자란 비장애인, 즉 코다(CODA: Children of Deaf Adults)이기 때문에 다양성을 이해하고 언어와 비언어를 아우르는 여러 가지 의사소통에 월등한 능력을 가졌다는 이유였다.

"너는 어떤 이유로 지구 대표에 선정됐어?"

"과학소설 작가라서."

내가 잠시 고민하다가 대답했다.

"그게 다야?"

글렌이 놀랐다.

"너 굉장히 위대한 작가인가 보구나!"

글렌이 감탄했다. 그랬으면 좋겠지만 진실을 알고 있었기 때문에 나는 단호하게 고개를 저었다.

"그럴 리가."

나로우주센터에 도착해서 받은 공식 임명장에는 진지한

공식 글자체로 화려한 미사여구가 길게 박혀 있었지만, 나는 글 쓰고 글 읽는 것을 생업으로 하기 때문에 행간에 숨은 창조기술융합과학부의 의도를 단번에 알아볼 수 있었다. 그러니까 내가 선정된 진짜 이유는 '설마 외계인을 진짜 만날 리는 없으니 맨날 미친 얘기만 쓰는 공상과학소설 작가 개 보내'로 요약할 수 있었다. 한국인의 국가적 신조와도 같은 '빨리빨리'는 아주 많은 경우 '대충 아무렇게나'를 포함한다는 사실을 나는 글렌에게 자세하게 폭로했다. 내 말을 듣고 글렌은 큰 소리로 웃었다. 아마 그때부터 우리는 친해졌던 것 같다.

교육을 받고 우주선에 탑승하기까지의 과정은 새롭기는 했지만 솔직히 말해 상당히 지겨웠다. 우주선에서 잠든 채로 지낸 60년은 더 지겨웠겠지만 나는 냉동 수면 상태로 의식이 없었으니까 다행히도 모른다. 깨어났을 때 우리는 온코아 행성에 도착해 있었다.

그리고 우주선에서 내리자마자 우리는 외교 관계 수립을 위해 고이 모셔온 조약 문서를 도둑맞았다. 온코아 행성의 중력은 지구하고 비슷하지만 미묘하게 약해서 피곤한 몸을 이끌고 우주선에서 내린 순간, 나는 발이 완전히 땅에 붙지 않고 약간 붕 뜨는 것 같은 기분을 느꼈다. 글렌도 마찬가지였는지 당황한 얼굴로 나를 쳐다보았다.

"중력이 확실히 작……."

까지 말했을 때 눈앞에 뭔가 번쩍, 하고 지나갔다. 글렌과 나는 동시에 빛이 지나간 곳을 바라보았지만 이미 늦었다. 손에 들고 있던 서류가방은 사라졌고 기묘하게 생긴 은색으로 번쩍이는 바퀴 달린 기계가 지평선을 향해 달려가고 있었다.

"아니, 저기……."

내가 더듬거렸다.

"도둑! 도둑이야! 도망간다!"

글렌이 외쳤다.

나는 반사적으로 바퀴 달린 기계를 쫓아 뛰었다. 당연히 기계가 나보다 빨랐다. 그리고 나나 글렌이나 60년간의 냉동수면에서 이틀 전에 깨어나서 방금 우주선에서 내린 터라 몸도 굳어 있었고 온코아 행성의 새로운 중력에 빨리 적응하기 쉽지 않았다. 몸이 기묘하게 가벼우니까 발은 빨리 앞으로 나가는데, 그에 비해서 제멋대로 팔다리가 붕붕 뜨는 느낌이라 방향 조절이나 힘 조절이 잘 되지 않고 움직일수록 혼란스러웠다. 나는 몇 걸음 못 가고 비틀거리다가 멈추어 섰다.

기계는 지평선 너머로 사라졌다.

우주선 문을 열고 우리가 내려서 서류를 뺏기고 내가 도둑을 쫓아가려다 포기하는 과정을 쭉 지켜보던 온코아 행성 환영단 중에서 한 명이 앞으로 한 걸음 나왔다. 온코아 행성인을 실제로 만나자 글렌과 내가 지구 대표로 선정된 이유를 짐작할 수 있었다. 온코아 행성인은 갈색 피부에 검은 머리카락을 늘어뜨리고 있었다. 옷차림이 지구인과는 매우 달랐지만 비슷한 옷을 입는다면 나나 글렌이나 온코아 행성인 모두 지구의 중앙아시아 어딘가에서 태어나 자랐다고 해도 지구인들은 모두 믿을 것 같았다.

머리가 길고 눈썹이 검고 가늘고 매부리코가 위엄 있게 생긴 온코아 행성인이 입에 확성기처럼 보이는 기계를 가져다 댔다.

—24시간 주겠다. 그 안에 조약문을 되찾아라. 그렇지 않으면 수교는 없던 일로 하겠다.

그러니까 저 확성기는 온코아 언어를 지구의 말, 그중에서도 영어로 바꿔주는 통역기인 것 같았다. 지구를 대표하는 언어가 하필 영어라는 사실이 조금 화가 났지만, 글렌과 내가 공통적으로 익숙하게 아는 언어는 영어뿐이었으니 이제 와서 어쩔 수는 없었다.

"24시간 안에 어디 가서 조약문을 찾아오라는 거예요?"

내가 당황해서 외쳤다.

"잠시만요. 이것은 조금 당황스럽습니다. 온코아 영토에서 조약문을 도둑맞았는데 왜 우리가 찾아야 합니까? 온코아 행성에는 경찰이 없습니까? 이런 중대한 범죄를 그냥 둡니까?"

글렌이 차분하게 따졌다. 과연 캐나다 사람은 침착하다고 나는 감탄했다.

우리와 비슷하게 생긴 온코아 환영단 사람이 다시 확성기 겸 통역기를 입에 가져다 댔다.

—이것이 우리의 문화적 관습이다. 정말 중요한 일이라면 조약 문서를 되찾아서 너희 스스로 이 수교를 중요하게 여긴다는 사실을 증명하라. 24시간이다.

온코아 환영단 사람이 확성기 겸 통역기를 내렸다. 그리고 그들은 각자 돌아서더니 흩어져서 가 버렸다.

"뭐 이런 경우가 다 있어?"

내가 화를 냈다. 글렌이 상냥하게 대답했다.

"진정해. 땅에 난 기계 바큇자국을 따라가 보자."

그래서 우리는 먼지투성이 노란 땅에 선명하게 새겨진 바큇자국을 따라 터덜터덜 걷기 시작했다.

중력이 미묘하게 약했으므로 확실히 지구에서 걷는 것보다는 발걸음이 가벼웠다. 그래도 슬슬 허리와 다리가 아파오기 시작할 때쯤 눈앞에 확실히 집같이 생긴 건물이 나타났다. 주변은 아무것도 없는 황갈색 황무지이고, 그곳에 분명히 지구에서 흔하게 본 집처럼 생긴 구조물이 덜렁 나타난 것이다. 그리고 그 집 앞에 바로 우리의 조약 문서를 탈취해 간 범인, 혹은 범인이 타고 있던 은빛 기계가 서 있었다. 가까이서 자세히 보니 기계는 지구의 오토바이와 비슷하게 생겼는데 핸들이 있어야 할 곳에 더듬이처럼 생긴 케이블이 여러 개 튀어나와 있었고, 안장이 있어야 할 부분에 원통이 달려 있었다. 나는 그 원통이 오토바이의 짐칸에 해당하는 부분이라 추측하고 당장 다가가서 열려고 시도했다.

열리는 부분이 없었다. 원통은 마치 오토바이처럼 생긴 기계에서 솟아나온 낙타의 혹처럼 모든 부분이 매끈하게 하부 구조와 이어져 있었다. 나는 틈이나 홈을 찾기 위해 손가락으로 원통 주변을 긁었다. 그러자 오토바이 핸들 위치에 튀어나와 있던 더듬이 같은 구조물이 흔들거리며 솟아오르기 시작했다. 그리고 더듬이는 뒤로 뻗어 나와 내 팔과 손을 감았다.

"살려 줘!"

내가 비명을 질렀다. 외계 행성에서 거무스름한 더듬이들에 휘감겨 죽음을 맞이한다니, 마치 지나간 20세기 후반에 텔레비전에서 본 B급 공포 SF영화 같은 전개였다.

"이렇게 죽기는 싫어!"

글렌이 달려왔다. 아주 짧은 순간 글렌은 내 팔과 더듬이들과 기계를 훑어보았다. 그리고 손을 뻗어 더듬이들이 뻗어 나온 뿌리라고 할 수 있는 오토바이 핸들 부분을 꽉 움켜쥐었다. 나는 하지 말라고 소리지르려 했다. 그런데 그 순간 더듬이들이 힘을 잃고 축 늘어졌다. 나는 풀려났다.

"어떻게 한 거야?"

내가 물었다. 글렌이 당황해서 내 손을 붙잡고 팔을 주물렀다.

"다쳤어? 괜찮아?"

"나 괜찮아. 고마워! 너 정말 굉장하다. 어떻게 했어?"

내가 감탄했다. 글렌이 안심하고 나를 놓아주었다.

"오토바이 저 부분에 사이드 브레이크가 있는 경우가 있어서 그냥 한번 해봤어. 설마 더듬이 브레이크일 줄은 몰랐지."

그리고 글렌은 아래를 내려다보았다. 몸을 숙여 먼지투성이 땅에서 뭔가 집어들었다.

"뭐야?"

내가 물었다. 글렌이 손에 든 것을 보여 주었다. 오토바이에서 더듬이가 하나 떨어져 나온 것처럼 보였다. 더듬이 끝부분이 특이한 형태로 꼬이고 말려 있었다.

"글쎄. 뭘까?"

글렌이 고개를 갸웃했다.

바람이 불어 땅의 먼지가 풀썩 솟아올랐다. 글렌이 얼굴을 돌리고 기침을 했다. 괜찮은지 물으려고 한 순간 나도 입과 코로 모래와 흙먼지를 한껏 들이켜서 심하게 기침하기 시작했다.

둘이 그렇게 기침하고 있을 때 갑자기 하늘이 찢어질 듯한 소리가 들려왔다.

—위이이이이잉…….

나는 귀를 막으며 당황해서 주위를 둘러보았다. 무슨 일인지 묻고 싶었지만 나도 글렌도 기침이 너무 심해서 말을 할 수 없었다.

—위이이이이이잉…….

주위가 점차 어두워졌다.

—위이이이이이잉…….

"이거 사이렌이야!"

내가 글렌에게 외쳤다. 글렌이 고개를 끄덕였다.

"안으로 들어가자!"

글렌이 기침을 하며 집처럼 생긴 구조물을 가리켰다.

우리는 집을 향해 달려갔다. 벽에는 문이 있었고 그 한가운데 커다랗고 정교한 장식 같은 무늬가 새겨져 있었다.

글렌이 들고 있던 더듬이를 그 무늬에 집어넣었다. 그리고 더듬이를 양손으로 잡고 힘껏 돌렸다.

문이 열렸다. 우리는 구르듯이 안으로 달려 들어갔다. 글렌이 우리 등뒤로 문을 당겨 닫았다.

문이 닫힌 순간 하늘에서 뭔가 떨어지기 시작했다.

집 안은 어두컴컴했다. 사물이 제대로 보이게 될 때까지 한동안 시간이 걸렸다. 그사이에 바깥에서는 하늘에서 떨어지는 우박 같은 것이 집의 문과 벽을 점점 더 강하게 두드렸다. 마치 수만 개의 돌멩이를 한꺼번에 맞는 것처럼 벽, 문, 천장 할 것 없이 사방에서 따다다닥, 따다다닥 하고 단단한 것이 부딪치는 소리가 났다.

나는 창문으로 가서 밖을 살펴보았다. 글렌도 나를 따라 창가로 왔다.

"우박이야?"

내가 물었다. 창문이 젖지 않으니 비나 눈은 아니었다. 우박은 태어나서 몇 번 본 적 없지만 그때도 창문에 우박이 맞으면 물기가 남았던 것으로 기억한다. 지금 하늘에서 떨어지는 것은 지구에서 흔히 보듯이 온도로 인해 물의 형태가 변해서 땅으로 떨어지는 종류의 기상 현상이 아니었다. 창밖의 땅바닥에 굵은 자국이 움푹움푹 패면서 하늘에서 떨어진 덩어리들이 푹푹 박혔다.

글렌은 한동안 말없이 창밖을 관찰했다. 그리고 나를 쳐다보았다.

"이거, 그거다."

내가 말했다. 글렌이 고개를 끄덕였다.

"다이아몬드."

그러니까 온코아 행성과 수교를 맺는 임무의 암호명 '미션 다이아몬드'는 아주 직관적인 이름이었던 것이다. 지구인들은 온코아 행성의 다이아몬드를 원했다. 지구 여러 나라 행정 수장들이 온코아 행성 정부의 그토록 분명하고 차가운 거절의 말을 몇 번이나 들으면서도 과학자와 외교관을 몽땅 동원해서 끈질기게 수교를 맺으려고 한 이유가 이것이었다.

"지구에 다이아몬드가 그렇게 필요해? 인공 다이아몬드가 이미 개발됐으니 필요하면 만들면 되잖아?"

글렌이 눈살을 살짝 찌푸리며 창밖의 다이아몬드를 향해

말했다.

"필요하지 않겠지."

내가 말했다.

"그저 그들이 원하겠지."

말하면서 나는 생각했다. '우주 문명과 최초의 접촉', '외계 다이아몬드', '우주가 끝날 때까지 변치 않을 가치' 그리고 '우주 다이아몬드에 투자하세요'……. 주식과 가상화폐에 이어 이제 외계 다이아몬드 열풍이 우리가 지구에 돌아가는 순간부터, 아니, 아마 우리가 지구를 떠나온 순간부터 이미 많은 사람들이 평생 모은 돈을 사기쳐서 빼앗고 많은 가족을 구렁텅이에 빠뜨리고 있을 것이었다. 창밖의 하늘에서 비처럼, 우박처럼 쏟아지는 다이아몬드를 바라보며 나는 이 우주 외교 임무에 뽑혔다고 아무 생각 없이 덜렁 여기까지 나온 것을 처음으로 후회했다.

"우리, 여기 오지 말았어야 했던 건지도 몰라."

내가 말했다.

글렌은 대답이 없었다. 나는 돌아보았다. 글렌은 몸을 숙이고 마룻바닥에서 뭔가 줍고 있었다.

"글렌? 뭐 해?"

내가 물었다. 글렌은 여전히 몸을 숙이고 마룻바닥을 짚은 채로 말했다.

"바닥이 더러워……. 우리가 아까 들어올 때 흙먼지 덩어리가 문틈으로 많이 들어왔어."

나는 옆으로 다가갔다. 글렌은 손바닥으로 마루를 쓸어 흙과 먼지를 치우는 중이었다.

옛날에 본 해외 뉴스가 생각났다. 캐나다에서 제과점에 침입한 도둑이 자기가 깨뜨린 창문 유리를 전부 치우고 대걸레로 바닥 청소까지 해 놓고 갔다는 소식이었다.

"우리 방금 이 집에 침입했어."

내가 글렌에게 상기시켰다.

"알아. 그러니까 더 예의 바르게 행동해야지."

글렌이 대답했다.

그때 뭔가 바닥을 타다닥 두드리는 듯한 소리가 들렸다. 글렌과 나는 반사적으로 소리가 나는 쪽으로 고개를 돌렸다.

집에는 위층이 있었다. 어둠에 익숙해진 눈에 2층으로 올라가는 중앙 계단이 보였다. 그 계단 옆 난간에서 은빛 물체가 빠르게 오른쪽으로 사라졌다. 은빛 물체 위에 어두운색 직사각형이 얹혀 있는 것이 보였다.

조약 문서를 넣은 벨벳 커버다. 저 기계가 우리 서류를 훔쳐 간 것이다.

"스톱!"

글렌이 외쳤다. 외치면서 동시에 달려나갔다.

"거기 딱 있어!"

글렌은 고함치면서 계단을 뛰어오르기 시작했다.

나도 글렌을 따라 뛰었다. 달릴 수는 있는데 여전히 팔다리 조절이 잘 안 되어 혼란스럽고 힘들었다. 게다가 약한 중력에서 계단을 뛰어 올라가는 것은 아주 괴상한 경험이었다. 층계 한 단, 한 단을 올라갈 때는 몸이 붕 뜨는 것처럼 가벼운데 층계 위에 발을 내려놓는 순간, 다음 발이 허공에 떠올라 자신도 모르게 허우적거리게 되었다. 그러면 팔을 움직이는 대로 몸이 붕붕 뜨며 휘청거렸다. 중심을 잡을 수가 없었다.

나에 비해서 글렌은 엄청나게 빨랐다. 순식간에 계단을 달려 올라가더니 난간을 휙 돌아 은빛 물체를 덮쳤다.

"잡았다!"

글렌이 외쳤다. 그리고 둥근 은빛 물체를 무릎으로 깔아누른 채 의기양양하게 조약 문서를 번쩍 들었다.

"도대체 어떻게 한 거야?"

내가 계단에서 허우적거리며 물었다.

"어떻게 이런 중력에서 그렇게 잘 뛸 수가 있어?"

"이놈이 가져간 게 우리 팀 하키 퍽이라고 상상했어."

글렌이 간단하게 대답했다. 그리고 조약 문서를 나에게 넘겨주고 둥근 은빛 기계를 살펴보기 시작했다.

나는 조약 문서를 가슴에 꼭 안고 글렌 옆으로 다가가서 함께 은빛 기계를 살펴보았다. 기계는 둥글납작해서 내가 어렸을 때 지구에서 유행하던 로봇 청소기에 거미 같은 긴 다리를 달아 놓은 것처럼 생겼다. 그 긴 다리 중 앞다리 두 개로 훔친 조약 문서를 움켜쥐고 나머지 여섯 개로는 달아나려고 버둥거리고 있었다. 글렌이 기계를 이리저리 살펴보다 뭔가 만졌다. 기계가 갑자기 움직임을 멈추었다. 여덟 개의 거미 같은 다리가 축 늘어졌다.

"죽었어?"

내가 물었다. 글렌은 어깨를 으쓱해 보였다.

"몰라. 내가 고장 냈나?"

집 안이 갑자기 밝아졌다. 우리는 한순간 눈이 부셔서 앞을 잘 볼 수 없었다. 그 와중에도 나는 조약 문서를 또 도둑맞을까 겁나서 사방이 환해진 순간 조약 문서를 더 꼭 끌어안았다.

동시에 눈을 감았기 때문에 나는 느낄 수 있었다. 조용했다. 밖에서 울리던 사이렌 소리와 다이아몬드 비가 쏟아지며 지붕, 벽, 창문을 때리는 소리가 들리지 않았다.

"다이아몬드 비가 그쳤나 봐."

내가 실눈을 뜨고 글렌에게 말했다. 글렌도 한쪽 눈만 살짝 떴다.

우주선에서 처음 내렸을 때 우리를 지켜보던 온코아 환영단이 어느새 계단 아래 줄지어 서 있었다.

—성공을 축하한다. 너희는 조약 문서를 성실하게 지켜냈다. 우리와 수교할 자격이 있다.

머리 긴 매부리코 온코아 행성인이 확성기-통역기를 입에 대고 말했다.

—조약 서명식을 거행하겠다.

글렌과 나는 서로 얼굴을 마주 보았다. 그리고 머리 긴 매부리코 온코아 행성인의 손짓에 따라 얼른 계단을 달려 내려와 환영단 일행을 따라서 건물을 나왔다.

글렌과 나는 각자 조약 체결식에 입고 갈 좋은 옷을 가지고 왔다. 온코아 환영단이 조약 체결식을 준비하는 동안 우리는 우주선에 돌아가서 옷을 갈아입었다. 나는 나로우주센터에서 한복을 가져가라는 얘기를 들었지만 거부했다. 한복 치마가 너무 길고 거추장스럽고 중력이 다른 행성에서 그 치마가 어떤 방향으로 휘날릴지 알 수 없었으므로 그냥 바지

정장을 가져왔다. 반면 글렌은 민족의 전통적인 의례용 복장으로 완벽하게 치장하고 우주선을 나왔다. 글렌이 우주선 밖에 나타났을 때 나는 정장을 가져온 것을 후회했다.

"너 아름답다."

내가 글렌에게 말했다. 진심이었다.

"고마워. 너는 멘 인 블랙 같다."

글렌이 말했다.

우리는 온코아 환영단에게 이끌려 또 먼지투성이 황무지를 가로질러 외딴곳에 홀로 서 있는 조그만 건물로 들어갔다. 안에 들어서자마자 지구의 공항에서 자주 보았던 보안 검색대가 보였다.

—소지품을 모두 검색대 벨트 위에 놓고 감지기 안으로 들어가라.

뒤에서 매부리코 환영단 대표가 말했다.

나는 가방을 검색대 컨베이어벨트 위에 놓고 감지기 안으로 들어섰다. 내가 들어가자마자 감지기가 삐삐 소리를 냈다. 다른 온코아 사람들에 비해 머리가 조금 짧고 눈이 크고 키가 조금 작은 온코아 보안요원이 내 쪽으로 다가왔다. 그리고 신발을 벗으라는 시늉을 했다. 지구의 공항에서 수백 번이나 보았던 몸짓이었다. 나는 보안요원 자신도 맨발이라는 사실을 알았다. 나는 신발을 벗었다. 신발 안에 내가 양말을 신고 있는 것을 보고 보안요원은 아주 짧은 순간이지만 몹시 혼란스러운 표정을 지었다. 나는 양말도 벗었다. 그리고 신발과 양말을 함께 보안요원에게 건네주었다.

글렌과 나의 가방은 모두 검색대를 무사히 통과했다. 글렌이 쓰고 있는 크고 화려한 머리 장식은 전혀 문제가 되지 않았다.

나는 1896년에 민영환 공이 고종 황제의 특사로 러시아 마지막 황제 니콜라이 2세 대관식에 파견되었을 때의 일화를 떠올렸다. 대관식은 러시아답게 정교회 성당에서 거행되었다. 여러 나라에서 보낸 수많은 축하 사절단 중에서 단 세 명, 청나라 대사, 튀르키예 대사, 그리고 조선 대사 민영환 공만 대관식장에 들어가지 못했다. 이유는 세 명 모두 관모를 벗지 않겠다고 거부했기 때문이다. 민영환 공이 남긴 일기를 수업시간에 읽으면서 나는 아시아와 서양이 이런 점에서 정반대라고 생각했다. 예의 바른 자리일수록 공식적인 모자를 당연히 써야 하는 문화와 공공장소에서 신발을 당연히 신고 있는 문화.

글렌은 내가 신발을 벗는 모습을 보고 아예 처음부터 신발과 양말을 벗어서 보안요원에게 주었다. 글렌은 실내에서 맨발로 다니는 데 익숙한 것 같았다. 나도 실내에서 당연히 신발을 벗는 문화권 출신이라 괜히 또 친근감을 느꼈다.

보안 검색을 통과한 뒤에 우리는 좁고 아늑한 복도를 지나 건물 안쪽으로 안내되었다. 안쪽 방에는 세 개의 책상과 세 개의 의자가 있었다. 그중 한 자리에는 어두운색 옷을 입은 온코아 행성인이 앉아 있었다. 희끗희끗한 머리카락이 무릎 아래까지 드리워져 있고 주름진 얼굴에 검은 눈이 번쩍였다. 이 사람이 온코아 인들의 수장이었다. 다른 온코아 사람들과 마찬가지로 지구의 기준대로 남성이나 여성을 구분하기는 불가능했다.

환영단 대표가 우리를 방 안에 데려다준 뒤에 손을 가슴 앞에서 움직였다. 온코아 사람들의 수장도 똑같은 몸짓으로 답했다. 그리고 환영단 대표는 우리만 남겨 두고 방을 나갔다.

—앉으시오.

온코아 수장이 통역기를 입에 대고 말했다. 글렌과 나는 서로 쳐다보았다. 글렌이 먼저 안쪽으로 들어가서 자리에 앉았다. 나도 가까이 있는 의자에 앉았다.

책상 표면이 환해졌다. 그리고 책상 상판이 일어서더니 나를 향해 다가왔다. 상판은 화면이 내 눈에 잘 들어오는 각도로 기울어지더니 멈추었다.

—조약 체결 설문을 시작하겠소.

온코아 수장이 말했다.

화면에 문자가 나타났다. 설문은 영어로 번역되어 있었다.

—깊이 생각하지 말고 사실대로 빠르게 대답하시오.

온코아 수장이 말했다. 그리고 우리를 주의 깊게 지켜보았다.

나는 설문을 바라보았다.

1. 다른 문명이 당신의 접근이나 진입을 거부하거나 자신들의 영토를 떠나라고 명령한 적이 있습니까? (예 / 아니오)

"다른 문명이란 외계 문명을 말합니까?"

글렌이 물었다. 온코아 수장이 통역기를 귀에 가져다 대고 손짓을 했다. 글렌이 질문을 다시 한번 반복했다.

—아니오. 지구에서 당신들 자신의 문명과 그 경험에 대해 답하시오.

온코아 수장이 대답했다.

나는 한국 역사를 잠시 되짚어 보다가 '아니오'를 눌렀다. 화면이 넘어가고 다음 질문이 나타났다.

2. 당신은 다른 문명을 침략하거나 지배하거나 멸망시킨 적이 있습니까?

글렌이 피식 웃었다. 그리고 자신 있게 화면을 눌렀다. 나도 '아니오'를 선택했다.

3. 당신은 다른 인종을 학살하거나 노예 혹은 식민지로 삼거나 착취한 적이 있습니까? 혹은 그러한 행위를 도운 적이 있습니까?

나는 한국의 여러 대기업들을 생각했다. 동남 아시아와 중동에서 독재 정권 유지와 민간인 학살과 전쟁에 필요한 무기를 공급했다. 취약한 국가들에 공장을 지어 자연을 오염시키고 그 나라 사람들에게 생계를 유지할 수 없는 적은 임금을 주며 노동력을 쥐어짰다. 큰돈을 받고 안전하지 않은 시설을 날림으로 건설해 재해를 초래했다. 학살하고 노예로 삼고 기만하고 착취했고 내가 떠나 오던 그날까지도 하고 있었다. 나는 도저히 '아니오'를 누를 수 없었다.

'예'를 눌렀다. 온코아 수장이 의미심장한 표정으로 나를 쳐다보았다. 화면에 다음 질문이 떠올랐다.

4. 당신은 자신의 인종을 학살하거나 착취한 적이 있습니까? 혹은 다른 문명이 자신의 인종에게 그런 행위를 할 때 공식적으로나 비공식적으로 도운 적이 있습니까?

제주 4·3 사건. 여수순천 사건. 보도연맹 사건. 광주학살. 삼청교육대. 선감학원. 형제복지원. 일본 제국의 강제 동원과 '위안부' 성범죄가 한국인 피해자의 '자발적'인 '선택'이었다고 여전히 주장하는 매국노들. 더 강한 다른 문명에 빌붙어 학살과 착취를 돕고, 그 방법을 배워 스스로 자기 나라 사람들을 학살하고 가두고 고문하고 착취했다. 그것이 한국전쟁 이후 유구한 대한민국의 현대사였다. 눈물이 나올 것 같았다.

나는 '예'를 눌렀다. 온코아 행성과 수교를 맺지 못해도 상관없었다. 내 나라의 폭력과 야만을 다른 문명에 전염시킬 수는 없었다. 나는 그런 지구인이 되고 싶지 않았다. 이 행성의, 아니, 우주의 다이아몬드를 모두 준다 해도 그럴 가치가 없었다.

화면이 까맣게 변했다. 책상 상판이 다시 천천히 내려가 닫혔다. 온코아 수장이 입에 통역기를 가져다 댔다.

—당신들 중 어느 쪽이 끊임없이 외계 우주 탐사선을 보

내서 우리를 귀찮게 했소?

"그건 미국인들이에요."

글렌이 얼른 대답했다. 온코아 수장이 자신의 책상 표면을 손가락으로 두드리며 뭔가 입력했다. 그리고 다시 고개를 들고 통역기를 입에 가져다 댔다.

—정부 기관이 비지구인을 발견하면 불법 체포 및 감금하고 실험을 한다고 들었소. 그건 당신들 중 어느 쪽이오?

"그것도 미국인들이에요."

이번에는 내가 얼른 대답했다. 글렌이 옆에서 진지한 표정으로 고개를 끄덕였다. 온코아 수장이 다시 책상을 들여다보며 표면을 손가락으로 두드려 기록했다.

"……그렇지만 내 나라 정부는 아마 기회가 생기면 똑같이 그렇게 할 거예요."

내가 작은 소리로 말했다. 글렌이 흠칫 놀라며 나를 쳐다보았다.

온코아 수장이 고개를 들었다. 나는 수장의 검은 눈을 피하지 않았다. 그들은 알아야 했다.

수장은 통역기를 귀에 대지도, 질문을 반복하라고 요구하지도 않았다. 그저 고개를 끄덕일 뿐이었다.

그리고 수장이 나에게 손짓했다. 손으로 쓰는 시늉을 했다. 나는 얼른 자리에서 일어났다. 그때까지 꼭 안고 있던 어두운 남색 벨벳 커버를 펼쳐 조약문을 수장 앞 책상 위에 내려놓았다.

글렌이 자리에서 일어섰다. 내가 글렌에게 한국에서 가져온 모나미 펜을 내밀었다. 글렌이 펜을 내밀자 수장은 잠시 어리둥절한 표정으로 바라보았다. 글렌이 음성 언어와 몸짓 언어로 설명하자 수장은 금방 고개를 끄덕이더니 펜을 받았다. 그리고 조금 어색하게 글렌이 가리키는 곳에 줄을 긋고 점을 찍었다. 자신의 문자로 수장은 드디어 조약문에 서명했다. 그 서명 옆에 글렌이 영어로 'Earth'라고 서명했다.

이 순간을 놓칠 수는 없었다. 내가 외쳤다.

"웃어!"

글렌이 고개를 들었다. 나는 인류 최초의 역사적인 우주 조약 체결 순간을 사진과 영상으로 휴대폰에 담았다.

온코아 수장의 표정은 변하지 않았다. 불쾌한 얼굴도 아니고 부하들을 불러 휴대폰을 압수하지도 않았다. 그러나 웃지도 않았다.

"휴대전화를 가져왔단 말이야?"

글렌이 반쯤은 어처구니없고 반쯤은 감탄한 얼굴로 물었다.

"아까 우주선에서 챙겨 왔지. 충전도 다 했어."

내가 자랑스럽게 말했다. 그리고 덧붙였다.

"근데 와이파이가 없어서 아쉽다."

글렌이 웃었다. 나는 진심이었다. SNS에 포스팅 하고 싶었다.

조약 체결식은 그렇게 끝났다. 온코아 수장이 연락하자 환영단이 다시 우리를 데리러 왔다.

바깥은 해가 져서 어둑어둑했다. 우리는 우주선으로 돌아가려 했으나 환영단이 우리에게 숙소를 제공하겠다고 했다.

글렌과 나는 호의를 거절하지 않기로 결정했다. 온코아 행성의 생활 방식을 경험하는 것도 외교 임무의 일부였다. 그래서 우리는 외계 행성에서 처음이자 마지막 밤을 지내기 위해 환영단이 안내하는 숙소로 갔다.

잠을 잘 수 없었다. 숙소가 불편해서는 아니었다. 가구도 물건도 낯설기는 했지만 새롭고 재미있었다. 방바닥에 준비된 잠자리는 한국식 요나 이불과 비슷해서 익숙했다. 그러나 막상 누워서 자려고 눈을 감으니 조약 체결 설문의 질문들이 자꾸 머릿속에 떠올랐다.

학살한 적 있는가. 착취한 적 있는가.

타자를 지배하고 착취하고 말살하려는 식민주의적, 제국주의적인 의도는 악독하지만 이해할 수는 있다. 타자는 어디까지나 타자니까.

동족을, 이웃을 가두고 괴롭히고 죽이는 심리는 절대로 이해할 수 없다.

한국은 식민 지배 시기 동안 착취자와 학살자가 가르친 끔찍한 교훈을 어째서 그토록 성실하게 배워 반복하고 재현하는가.

잠은 오지 않고, 머리는 점점 더 맑아지고 마음은 점점 더 괴로워졌다.

—위이이이이이잉…….

사이렌 소리가 울렸다. 잠시 후에 예상대로 벽과 천장에 수많은 자갈이 부딪치는 듯한 소리가 들려오기 시작했다.

이제는 시끄러워서 잘 수 없다. 나는 일어서서 방 밖으로 나갔다.

글렌이 복도 창가에 서서 바깥에 내리는 다이아몬드 비를 바라보고 있었다.

"잠이 안 와?"

글렌이 물었다. 나는 고개를 끄덕였다. 그리고 글렌의 옆에 가서 창밖을 바라보았다. 세 개의 달을 배경으로 쏟아지는 다이아몬드 덩어리들이 밤 공기를 황홀한 반짝임으로 채웠다.

"이 조약은 맺지 말았어야 했어."

내가 말했다.

"내 나라는 아이들을 납치하고 착취하고 죽였어."

"내 나라도 그랬어."

글렌이 대답했다. 나는 고개를 끄덕였다.

캐나다 원주민 아동들을 억지로 데려다 서양식으로 양육하던 학교 부지에서 어린이들의 유골이 발견되었다는 기사는 나도 읽은 적이 있다.

영보자애원에서, 선감학원에서, 형제복지원에서, 수많은 다른 비슷한 시설에 납치되어 착취당하다 이름도 없이 죽어간 사람들 중에는 유골조차 발견되지 않은 경우가 부지기수였다.

"우리는 어떤 세상으로 돌아가게 될까?"

내가 물었다.

"우리가 돌아갈 세상이 남아 있기나 할까?"

글렌이 물었다.

"우리야말로 실험실에 갇혀서 남은 삶을 살게 되는 거 아닐까?"

내가 말했다.

"여기 남고 싶어?"

글렌이 물었다.

침묵이 흘렀다.

나는 바깥에 쏟아지는 다이아몬드 비를 바라보며 생각했다. 이곳에 오기까지 지구 시간으로 60년이 걸렸다. 나의 친구, 동료, 내가 사랑했던 모든 사람은 연로하여 죽음을 향해 가고 있거나 이미 죽었을 것이다. 지구까지 돌아가는 데 또 60년이 걸린다. 나에게 지구는 바로 어제 떠나온 내 고향이지만 돌아가면 120년이 흘러가는 것이다. 120년은 인간에게 무척 긴 세월이다. 내가 알던 모든 세계는 사라지고 없을 것이다.

"아니."

내가 말했다.

"내 세계가 아직도 존재한다면 돌아가고 싶어. 난 그럴 권리가 있어. 너도 알잖아."

글렌이 고개를 끄덕였다. 나는 다이아몬드 비에 가려진 세 개의 달을 바라보았다. 그리고 결심했다.

"일단은 가서 내 세계가 남아 있는지부터 봐야겠어."

"안 남아 있으면 어떡할 거야?"

글렌이 물었다.

"실험실에서 살아야지 뭐."

내가 말했다. 글렌이 조금 웃었다.

이번에는 내가 물었다.

"넌 어떡할 거야?"

"돌아가야지."

글렌이 즉각 대답했다.

"내 사람들은 아주 오랫동안 아주 많은 일을 겪으면서도 살아남았어. 그러니까 120년쯤은 아무것도 아니야. 내 가족과 친구들이 없더라도 나에겐 고향과 사람들이 여전히 남아 있을 거야."

나는 자신 있게 이렇게 말할 수 있는 글렌이 부러웠다.

다이아몬드 비가 점차 잦아들기 시작했다. 사이렌이 멎었다.

글렌이 물었다.

"지구에 돌아간 다음에도 계속 우리 둘이 붙어 있어야 하면 어떡할 거야?"

"잘해 봐야지."

내가 대답했다.

"이미 60년이나 같이 잘 지내고 여기까지 왔잖아."

글렌이 고개를 끄덕였다.

"근데 떠나기 전에 나 저 바깥에 떨어진 다이아몬드 하나만 가져가면 안 될까?"

내가 물었다. 글렌이 고개를 저었다.

"그런 건 프로토콜에 어긋나."

"딱 하나만, 안 돼?"

"지구에 돌아갔더니 기술이 발달해서 다이아몬드가 아무 가치도 없을지도 모르잖아."

"그럼 기념품으로 하나만, 안 돼?"

이런 대화를 하면서 우리는 세 개의 달을 바라보았다.

달이 지고 해가 떠오르면, 글렌과 나는 함께 또다시 새로운 여행길에 오를 것이다.

정보라

정보라는 연세대 인문학부를 졸업하고, 예일대에서 러시아·동유럽 지역학 석사를 거쳐, 인디아나대에서 러시아문학과 폴란드문학으로 박사 학위를 받았다. 1998년 연세문화상에 「머리」가, 2008년 디지털문학상 모바일 부문 우수상에 「호(狐)」가 당선되었으며, 2014년 「씨앗」으로 제1회 'SF어워드 단편 부문 우수상'을 수상했다. 『저주토끼』로 2022년 '부커상 국제 부문' 최종 후보에 올랐고, 이듬해 국내 최초로 '전미도서상 번역 문학 부문' 최종 후보에도 이름을 올렸다. 지은 책으로 소설집 『저주토끼』, 『여자들의 왕』, 『아무도 모를 것이다』, 『한밤의 시간표』, 『죽음은 언제나 당신과 함께』, 장편 소설 『문이 열렸다』, 『죽은 자의 꿈』, 『붉은 칼』, 『호』, 『고통에 관하여』, 『밤이 오면 우리는』 등이 있으며, 옮긴 책으로 『거장과 마르가리타』, 『탐욕』, 『창백한 말』, 『어머니』, 『로봇 동화』 등이 있다.

비자 설문 소설에 관하여

소설에 나오는 가상 행성의 이름 ONK0AK4PCYOW은 특별한 뜻은 없고, 수도 오타와가 있는 온타리오주 이름 약자(ON)와 오타와 지역 우편번호 중에 막 찍어서 뽑은 조합(K0A, K4P)과 오타와 국제공항 코드(CYOW)를 적당히 이어붙여 만들었다. 캐나다 수도가 토론토도 밴쿠버도 몬트리올도 아니고 오타와라는 사실을 강조하고 싶었다. 중간의 K0A의 '0'은 숫자이지만 '온코아'라는 이름의 어감이 나쁘지 않아서 만족하고 있다. 그리고 후반부에서 '나'가 하필이면 모나미 볼펜을 꺼내는 이유는 모나미가 대표 상품 153 볼펜을 처음 생산하기 시작한 해가 마침 한국과 캐나다가 수교를 맺은 바로 그 해인 1963년이기 때문이다.

「미션: 다이아몬드」 원고를 완성해서 보낼 때까지도 나는 캐나다에 가 본 적이 한 번도 없었다. 캐나다가 한국전쟁 당시 UN

군에 3만 명 이상 파병해서 북한군에 맞서 싸웠고 2023년에 한국-캐나다 수교 60주년을 맞이했다는 역사적 배경은 알고 있었다. 그러나 한 번도 본 적이 없는 나라에 대한 이야기를 써야 한다니 전혀 감이 잡히지 않았다.

외국에 합법적으로 가려면 우선 비자가 필요하다. 비자 설문이 그 나라의 첫 관문이고 첫 인상인 셈이다. 그래서 나는 캐나다 비자 신청 설문 페이지를 찾아서 질문들을 들여다보았다.

비자 설문의 질문들은 잘 모르는 사람이 언뜻 보기에도 범죄자나 위험 인물을 가려내기 위한 내용으로 구성되어 있다. 만약에 개인이 아니라 민족이나 국가 차원에서 새로운 문화와 교류할 때 이런 질문을 받는다면 뭐라고 대답해야 할지 생각해 보았다. 한국인은 어떤 국가와 문화를 만들어가고 있는가. 지구인은 어떤 문명을 만들어 가고 있는가. 같은 지구인을 살해하거나 착취하지 않고, 함께 살아가는 행성을 착취하고 파괴하지 않았다고 자신할 수 있는가. 가끔씩 비자 설문의 질문들을 스스로 되새겨볼 필요가 있는 것 같다.

판사님

Monsieur le Juge

윤진 옮김

킴 투이

오타와는 캐나다의 수도다. 그리고 또, 캐나다의 도시들 중에서 주요 기관들이 가장 많이 있는 도시다. 국회의사당, 대법원, 수상 관저, 군주와 총독의 관저* 같은 가장 엄숙한 기관들이 오타와에 있다. 하지만 '퀸 시티Queen city'라는 별명을 얻은 것은 오타와가 아니라 토론토였다. 오타와는 그런 거창한 별명을 얻기에는 너무 소박하고 너무 합리적인, 너무 공손한 도시인 걸까?

1867년만 해도 바이타운Bytown이라는 이름으로 불리며 시골 같던 소도시가 오타와라는 새 이름을 얻은 뒤 캐나다를 지탱하는 닻이 되었다. 오타와가 몬트리올, 토론토, 퀘벡, 킹

* 캐나다의 명목상의 군주인 영국 왕, 군주의 대리인으로 연방정부가 선출하는 총독의 관저 '리도 홀'을 말한다.

스턴 등의 경쟁을 물리친 것은 오로지 어퍼캐나다와 로어캐나다* 사이에 위치한다는, 영어권과 프랑스어권 사람들에게 완벽한 절충안을 제공하는 중립적 장소라는 지리학적 여건 덕분이었다. 오타와가 수도로 선정되는 것과 함께 캐나다의 중심을 이루는 기본 색色이 정해졌다. 다른 데서 온 사람들을 그 본래의 모습을 잃지 않게 해 주면서 받아들이는, 힘주어 드러내지 않으면서 지지해 주는, 그 어떤 것도 묶어 두지 않으면서 균형을 만들어 주는 캐나다의 색.

오타와는 조화의 색조를 만들어 냈다. 너무 높지도 너무 낮지도 않은, 너무 강하지도 너무 약하지도 않은, 그야말로 평범함의 색조. 겸허함의 색조.

처음에 나는 캐나다의 동부 지역, 프랑스어권에 속하는 중소 도시 그랜비에 왔다. 열 살이 갓 지났을 때였다. 몇 달 뒤, 그러니까 열한 살이 되기 전에 사람들이 우리를 오타와

* 18세기 퀘벡 지역에 수립된 영국령 식민지 '더캐나다스(The Canadas)'는 세인트로인스강 상류의 어퍼캐나다(Upper Canada, Haut-Canada) 지역과 하류의 로어캐나다(Lower Canada, Bas-Canada)로 나뉘었다.

의 국회의사당에 데려갔다. 필요에 따라 프랑스어 혹은 영어로 말할 수 있는 가이드들이 안내해주는 정식 방문이었다. 캐나다의 공식 언어 두 가지 중 어느 하나도 할 줄 몰랐던 나는 그냥 따라다니기만 했다. 그날 캐나다의 국회의사당 복도를 지나는 동안, 난생처음 느끼는 감동들이 나를 사로잡았다. 거대한 아치를 보며 넋이 나갔던 걸까? 두 나라의 말을 할 줄 아는 제복 입은 젊은 가이드들의 임무에 충실한 미소에 매혹되었던 걸까? 무장한 군인들이 눈에 띄지 않아서 놀랐던 걸까? 대리석 바닥이 너무 미끄러워서 겁이 났던 걸까? 모르겠다. 내 느낌을 지칭하는 단어를 알지 못해서 이름 붙이지 못한 채로, 나는 그저 그 순간을 내 안으로 빨아들였을 뿐이다.

나는 1968년, 전쟁이 한창이던 때 태어났다.

나는 1978년, 사이공이 혼돈에 휩싸여 있던 때 그곳을 떠나왔다.

1975년에 북베트남과 남베트남 사이의 전쟁이 끝났다.

1975년 바로 그날, 사이공이 무너졌다. 그리고 바로 그날, 호찌민시市가 남베트남의 수도를, '극동極東의 진주'이자 내 가족의 그루터기이던 사이공을 지도에서 지워 버렸다.

북베트남이 승전했고, 그들에게는 남베트남에 공산주의 체제를 강요할 권리가 주어졌다. 그 삼 년 동안 나는 이십 년 동안 싸우던 사람들이 같이 산다는 게 얼마나 어려운 일인지 지켜보았다. 승자는 자신이 승자임을 느끼기 위해 상대를 패자로 다루어야 했다. 그러지 않고서는 마침내 무기를 쥔 채로 잠드는 사람이 없어졌을 때, 더는 아무도 위장복을 입지 않게 되었을 때, 그 누구도 더이상 어느 쪽 편인지 선택하지 않아도 되게 되었을 때, 승자들이 패자들과 다른 어떤 방법으로 구별될 수 있었겠는가. 승자들은 모두가 같은 우두머리를 경배하도록, 같은 책을 읽고 같은 음악을 듣도록, 같은 장면에 감탄하고 같은 리듬으로 움직이도록 강요하는 것으로 자신들의 권위를 휘둘렀다. 사상, 믿음, 관례, 모든 것이 정해진 규칙에 따라 행해져야 했다. 정해진 선을 넘어가는 모든 생각이 고발 대상이 되었다.

1975년과 1978년 사이에는 결혼식 날에 너무 많이 기뻐하는 것은 장례식 날에 너무 슬퍼하는 것과 마찬가지로 반反애국적 행동이었다. 수학을 배울 때 아침과 저녁에 생포한 적군의 수가 아니라 파인애플과 바나나의 수로 덧셈 연습을 하는 것은 반혁명적인 행동이었다. 연애 소설을 읽는 것은 반문화적 행동이었다.

동료들 사이, 이웃들 사이, 심지어 한가족 안에서도 누군가의 잘못된 행동을 알게 되면 알릴 의무가 있었다. 거짓말이 고귀한 사랑의 몸짓이 되었다. 일곱 살의 나는 내 부모님을 향한 사랑을, 그들이 철저히 금지된 BBC 국제 방송을 몰래 듣는다는 사실을 친구들 앞에서 감추는 것으로 표현했다. 삼 년 동안 나는 거짓말을 했다. 삼 년 동안 모두 내 말을 믿었다. 거짓말 기술이 완벽해질 수 있도록 나는 감각을 최대한 누그러뜨렸다. 이해하려 애쓰거나 질문하려 하지 않았고, 무언가를 느끼려고, 마음에 담으려 하지 않았다. 일곱 살에서 열 살 사이 나는 슬픔도 분노도 실망도 배우지 못했다. 즐거움도, 놀이도, 아름다움도…….

이어 우리는 마치 누군가의 소식을 싣고 바다로 던져지는 유리병처럼 베트남 땅을 떠났고, 말레이시아의 난민 수용소까지 갔다. 그곳에서도 과도기의 베트남에서와 똑같은 생활 방식을 받아들여야 했다. 아무것도 느끼지 말 것. 그 무엇도 마음에 담지 말 것. 그때 그렇게 하지 않았더라면 나는 몇 달 동안 우리 2천 명 피난민의 배설물이 덮개도 없이 쌓인 분뇨 구덩이 옆에서 살아 내고 잠들지 못했을 것이다. 그때 내 뇌가 코를 막아 버리지 않았더라면 나는 숨 한 번 쉴 때마다 세상의 모든 추악함을 다 들이마셨을 것이다. 그때 눈을 계속 뜨고 있었더라면 나는 갈증이 인간성을 어떻게 무너뜨리는지 지켜보았을 것이다. 그때 이글거리는 태양 아래 살갗이 불타오르는 감각을 느꼈더라면 나는 배고픔이 존엄성을 어떻게 망가뜨리는지 보게 되었을 것이다.

나는 그 어떤 것도 느끼지 않았다. 그 어떤 것도 마음에 담지 않았다. 그 어떤 것도 갖지 않았다.

그러다가 갑자기, 비가 내리지 않던 어느 날, 버스 한 대가 우리를 전등 불빛 쪽으로, 구름 위의 고요한 하늘 쪽으로, 함박눈 속에 들어간 듯한 포근함이 가득한 세계로 데려갔다.

"카나다*에 오신 것을 환영합니다." 땅에 막 발을 딛는 우리를 이 말이 맞아주었다,

나는 아무것도 알아듣지 못했지만, "카-나-다"라는 세 음

* 캐나다의 프랑스어 발음이다.

절이 내 귀에서 노래했다. 빨간 립스틱을 칠한, 혹은 숲처럼 수북한 수염으로 일부가 가려진 입술들 위에 실린 미소와 함께, 악수를 건네는 부드러운 손 혹은 거대한 손과 함께, 연민 어린 시선 혹은 때로 눈물 맺힌 시선과 함께, "카-나-다"라는 단어가 되풀이되어 들려왔다.

나는 카나다가 내가 처음 배운 프랑스어라고 생각했다. 몇 년이 지난 뒤에야 그 세 음절이 휴런족族과 이로쿼이어語*에 뿌리를 두고 있음을, 발음하기 너무도 간단하고 기억하기 너무도 쉬운 그 단어 안에 그 땅의 모든 역사가 담겨 있음을 알게 되었다. 카나다라는 소리를 내기 위해서는 입술을 같은 모양으로 계속 벌리고 있어야 한다. 마치 한계가 없고 닫힘이, 끝이 없는 것 같다. 마치 그 말이 듣는 사람이 문장을 이어가길 기다리는 것만 같다.

---

* 이로쿼이어는 아메리카 대륙 동쪽 지역에서 사용되던 토착어들 중 하나이고, 휴런족은 이로쿼이어를 사용하며 세인트로렌스강 유역에 살던 북아메리카 인디언이다. 16세기 프랑스인 자크 카르티에(Jacques Cartier)가 세인트로렌스강 유역에서 처음 접한 원주민들이 휴런족이었고, 캐나다라는 국명은 카르티에가 그들의 정착지를 가리키며 어디냐고 물었을 때 이로쿼이어로 '마을'을 뜻하는 '카나타'라고 대답한 데서 유래한다.

그래서 나는 문장을 이어갔다. 급우들을 똑같이 따라 하면서 나의 작은 이야기를 더했다. 그들은 교실에서 손을 들었고, 학교 운동장에서 춤을 추었고, 성적이 나쁘다고 울었고, 내 뺨에 입을 맞췄고, 다 함께 생일 축하 노래를 불렀고, 롤러스케이트를 타고 빙글빙글 돌았다.

십 대 때는 우리 집 지하실에서 수백 개의 지퍼와 어깨심과 주머니를 재봉질하면서 이야기를 이어갔다. 그곳에서 나는 누군가의 놀람을, 누군가의 침묵을, 그들이 서로의 머리카락에 대해 묻는 질문을, 그들의 발걸음의 의미를, 그들의 피부색을, 그들의 시선이 향하는 방향을, 그들이 쓰는 언어의 억양을, 그들이 입은 치마의 치수를, 그들이 선택하는 꿈을, 현기증 나는 그들의 뒷이야기를 분석했다.

이십 대 때는 도시에서 가장 높은 41층 타워에서 동료들과 똑같은 일상을 살면서 이야기의 새로운 장章을 시작했다. 발꿈치 아래 하이힐의 높이 덕분에, 겨드랑이에 낀 "백만 달러만큼" 중요한 서류들 덕분에 커졌다. 아직 펼치지 않은 책들 덕분에, 혹은 시간의 흐름에 맞선 두 번의 경주 사이에 서둘러 읽기 시작한 책들 덕분에 깊어졌다. 스페인어와 한국어 영화를, 흑백 영화를 보면서, 연달아 보고 다시 또 보고 혼자 보면서 넓어졌다. 나는 나무판자가 산산조각난 배 밑으로 가라앉아 본 적 없는 사람들이 누리는 순결한 쾌락을 똑같이 누리면서 해변에 누웠다. 이미 죽음이 내 곁을 스쳐 지나갔건만 꽃 피어난 젊음의 오만함에, 죽음이 절대 오지 않으리라 믿는 오만함에 취해서 맛있는 음식을 먹었다. 내 피부 속에서 미래를 느끼고 내 손가락 끝에서 태양을 느끼면서 며칠 밤이고 춤을 추었다. 중대한 결과가 달린 문장들로 가득 찬 서류들 앞에서, 확신에 차서 눈 하나 깜짝 안 하고 서명을 했다. 호텔 방을 오가며, 친구들의 '펜트하우스'에서, 숲속에서 잠을 잤다. 개미가 없고 먼지가 없고 악몽이 없는, 오로지 꿈들뿐인 집이었다. 오로지 꿈들.

삼십 대 때는 꿈들뿐인 삶을 살겠다는 꿈이 실현되었다. 나에겐 집과 아이들이 생겼고, 피아노와 벽난로 위에 수많은 가족사진이 놓였다. 우리는 기회가 생길 때마다 서슴없이 과자점에 주문을 넣었다. 부활절에는 커다란 토끼 모양 초콜릿을, 크리스마스에는 사방으로 가지를 뻗은 장작 모양 케이크를, 방학이 끝나고 다시 학교가 시작될 때는 당근 케이크를, 여름의 첫날에는 나무딸기 크림을 얹은 케이크를, 유령들을 맞이할 때는 사탕 단지를 주문했다. 마찬가지로, 아이들의 목에 지탱하기 힘들 만큼 너무 길고 너무 무거운 메달들이 걸릴 때마다 우리는 집이 떠나갈 듯 환호하며 박수를 쳤다. 촉망되는 수영 선수를 위해, 혁명을 이끌 지도자를 위해, 훌륭한 가라테 선수를 위해, 장래의 수학자를 위해, 카리스마 있는 웅변가를 위해, 무적의 펜싱 선수를 위해…….

꿈은 삶이 되었고, 삶은 현실이 되었다. 충만하고 온전한 현재를 가능하게 하고, 한계 없고 과거로 돌아올 일 없는 미래를 가능하게 해 주는 현실이 되었다.

아시아와 동남아 지역을 자주 돌아다니면서도 말레이시아만은 단 한 번도, 심지어 경유지로도 내 계획 속에 들어온 적이 없었다. 같은 장소를 일부러 두 번 찾아가기에는 삶이 너무 짧기 때문일까? 무의식적인 파멸을 경험한 곳을 우리 뇌가 알아서 피하기 때문일까? 분명 여러 이유들이 있고, 그 이유들은 튤립 아래, 불꽃놀이 아래, 얇게 쌓인 눈 아래 묻혀 있었다. 국빈 방문의 일원으로 초대받은 일정 속에 버젓이 적혀 있던 쿠알라룸푸르와 페낭이라는 이름이 내 머릿속에 남지 않은 것도 바로 그 이유들 때문이었다.

비행기 문 앞에 섰을 때, 양쪽으로 도열한 말레이시아 군인들이 캐나다 국가를 연주할 때, 그 리듬에 맞춰 계단을 내려가야 할 때, 나도 모르게 내 뺨 위로 눈물이 흘렀다. 그때 처음으로, 들려오는 저 음音들이 나의 또 다른 조국의 영혼을 구현한다는 사실을 나의 심장이 이해했고, 나의 몸이, 물리적으로, 송두리째 그 영혼에 가 닿았다.

과거가 빛의 속도로 나를 다시 붙잡았다. 내가 아무도 아니었던 곳, 어느 영토에도 속하지 못하고 문화가 없고 정체성도 없는 존재였던 곳으로 다시 안내하는 레드 카펫 위로, 그동안 내가 지나온 먼 거리가 달려 내려갔다. 나는 그때까지, 그러니까 카-나-다라는 단어가 온전한 의미를 띠는 그 순간에 이르기까지 내가 지나온 길들과 샛길들을 되짚어 보려 애썼다. 깃발들이 사방으로 자유롭게 휘날리는 곳에서 전 국민을 대표하는 시민으로, 다른 사람도 아니고 난민으로 들어와 이민자가 된 사람을 고를 수 있는 나라가 이 세상에 얼마나 될까?

바로 그 순간에 나는 '카나다'라는 단어의 힘을 깨달았다.

자동차 행렬이 맨눈으로는 그 규모를 알 수 없을 만큼 커다란 궁으로 우리를 데려갔다. 말레이시아의 왕이 우리를 기다리고 있었고, 손님의 수만큼 많은 사람들이 만찬의 시중을 들기 위해 기다리고 있었다. 나란히 놓인 테이블들이 마치 연회장 한 끝에서 다른 끝까지 이어지는 넓은 길처럼 보였다. 가지런하게 놓인 테이블들이 우리를 이끌어가고 우리에게 올바른 자세를 요구하는 것 같았다. 내 자리는 말레이시아 대법원장의 자리 왼쪽이었다. 그는 법관이라는 직업에 걸맞은 공정성으로, 주최 측으로서 지녀야 할 예의로, 여자를 대하는 남자의 자신감으로 나를 맞이했다.

—우리 나라에 오신 것을 환영합니다. 처음 오신 건가요?

너무도 평범하지만 너무도 복잡한 이 질문에 어떻게 대답해야 했을까? 이미 와 본 적이 있다고, 그때는 불법적으로 그의 영토에 들어왔다는 사실을 몰랐었다고 대답해야 했을까? 그게 아니면, 나흘 동안 바다 위를 떠다니다가 처음 눈에 들어온 육지의 모래에 매달렸을 뿐이라고, 겨우 십 미터 길이의 배가 때를 잘 맞추어 218명의 승객을 내려놓고 갔다고?

—1.5번째입니다.

어린 내가 갈증을 이기기 위해 난민 수용소의 습기 찬 돌담을 핥던 때에 이미 어른이었던 판사는 내가 말하는 '0.5'의 의미를 이해했다. 그리고 그 순간 그와 나 사이에 긴장감이 솟아올랐다. 내가 바다에서 해적들의 습격을 받았을까? 돌돌 말아서 몸속에, 항문이나 질에 숨긴 달러 지폐를 찾기 위해 내 몸속을 뒤졌을까? 아말감 아래 박아 놓은 다이아몬드를 꺼내기 위해 내 어금니를 뽑았을까?

—판사님, 제 동포들의 이름으로, 25만 2천 명의 베트남 난민을 판사님의 영토에 받아 주신 것을 감사드립니다.

사람들이 앉으라고 손짓을 했고, 말레이시아의 대법원장과 나는 입술을 꽉 다물고 직업적인 시선을 주고받으며 미소를 지었다.

—변호사이시죠?

—그렇긴 한데…… 사실 아닙니다. 그러니까, 아닌 거나 마찬가집니다. 이미 아실지도 모르지만, 퀘벡에서는 변호사

등록을 위한 보험이 굉장히 비싸답니다. 전 아이가 둘입니다. 식당을 연 적도 있는데, 요리를 잘하지 못했습니다. 그러다가 우연히 글을 쓰게 되었어요. 그렇지만 전 법을 좋아합니다. 법을 통해서 깊이 생각하는 법을 많이 배웠어요.

—그래도 변호사 일을 하신 거 아닌가요?

—맞습니다. 하지만 외국에서 진행되는 프로젝트의 일환으로 개혁 정책 분야에서 일한 겁니다. 그나마 법 관련 경력을 다 해도 오 년이 안 넘고요. 스스로 변호사로 여기기에는 너무 짧은 시간이죠. 무엇보다 재판에서 변론을 해본 적이 없습니다.

—법 공부는 마치셨지요?

—그야 물론이죠!

—그렇다면, 한 가지 질문드릴 게 있습니다. 퀘벡 사람들은 일상에서 대륙법과 영미법이 공존하는 법체계의 이중성을 어떻게 해결하며 살아갑니까?

나는 젊을 때 대학에서 법학을 배우는 동안 일주일에 백 시간 통역 일을 했다. 교수들의 목소리는 지적知的인 길이 아니라 근접성과 삼투현상을 통해 내 몸속에 들어왔다. 단어들이 내 머릿속에서 마구 뒤섞였다. '설정권'과 '지역권'이, '순

수 가치'와 '재산'이, '형사刑事'와 '판례'가, '분규'와 '유책有責'이, '헌장'과 '무죄'가 한데 엉켰다. 관념들, 개념들, 이론들이 나비들처럼 내 주위를 날아다녔다. 나는 졸음에 취한 눈으로 무턱대고 손을 뻗어 그 나비들을 잡았다. 끝나지 않는 지식 속에서 허우적댔다. 거기서 내가 본 것은 풍부한 사례들과 정교한 논리였다. 비교 법학 수업까지 들었지만, 이중성은 단 한 번도 보지 못했다. 두 법체계는 충돌하지 않았고, 싸움을 벌이지 않았다.

—대부분의 퀘벡 사람들은 두 가지 법체계가 있다는 사실을 자각하지 못하는 상태로 일상을 살아갑니다. 판사님.

—그렇다면, 이번 사절단에서 당신이 맡은 역할은 무엇인가요?

퀘벡 사람들의 팔이 나를 번쩍 안아 올려 준 그날 이후 나는 아무것도 따지지 않고 모든 초대에 응했다. 자원봉사자 가족들을 따라 캠핑장에 가서는, 캐나다인들은 삶이 너무 편한가 보다고, 그래서 시민들이 전기가 없고 물이 안 나오고 불을 못 피우고 침대도 화장실도 없는 곳으로 일부러 난민 수용소와 비슷한 불편함을 겪으러 오는 거라고 생각했다. 또 다른 가족들이 순서를 정해 나를 동물원에 데려갔다. 토요일 오전에 처음 가고, 토요일 오후에 두 번째, 일요일 오전에 세 번째로 갔다. 그다음 주에 다시 동물원에 갔다. 이전 주에 나를 초대한 가족과 다른, 하지만 똑같이 열정적인 다른 가족이 데려갔다. 여름 시즌이 끝날 즈음에는 동물들이 나를 직원들과 다름없이 알아보는 것 같았다.

나는 캐나다 총독실의 초대도 열 살 때와 똑같이 아무것도 따지지 않고 맹목적인 믿음으로 받아들였다. 나에게는 '공식 사절단'이라는 흐릿하고 대략적인 지위 외에 특별한 역할이 주어지지 않았다. 이 곤란한 상황을 어떻게 벗어날 수 있을까? 화장실로 달려가 숨어 버리거나 테이블보를 잡아당겨 식기들을 떨어뜨리고 싶었다. 하지만 앞에 놓인 유리잔에 비치는 수많은 경호원들의 존재가 나를 움직이지 못하게 만들었다.

—판사님, 캐나다에서는 몇 가지 기준을 지켜야 합니다. 첫째, 모든 공식 사절단에는 여자가 한 명 포함될 것. 여덟 명의 사절단 중에 제가 유일한 여자입니다. 둘째, 예술과 문화계 사람이 포함될 것. 전 대단치 않은 책이지만 한 권 썼고,

그 바람에 문화 예술계에 떠밀려 들어왔습니다. 셋째, 분명하게 눈에 띄는 소수 집단 사람이 포함될 것. 말레이시아에서는 제 존재가 별로 눈에 안 띄겠지만, 캐나다에서는 확실합니다. 넷째, 프랑스어권의 사람이 하나 포함될 것. 전 프랑스어를 쓰고, 프랑스를 좋아합니다. 영어에는 없는 "구르망" "구르망디즈"* 같은 단어들 때문일지라도 아무튼 전 프랑스어를 좋아합니다. 다섯째, 불리한 조건을 지닌 사람을 포함할 것. 캐나다에서 저만큼 작은 사람을 찾기 힘들 정도로 전 키가 작습니다. 결론적으로, 캐나다는 저를 선정함으로써 비용을 절약했습니다. 호텔 방을 다섯 개 잡아야 할 걸 하나로 해결했죠. 다섯 명의 식사를 한 사람으로 해결했고요. 이게 제 역할입니다, 판사님.

그 뒤로 나는 혼자 식사를 이어갔고, 옆자리의 판사님은 더이상 나를 알은체하지 않았다.

호텔로 돌아온 뒤 나는 밤새도록 천장만 바라보았다. 내

* 'gourmand', 'gourmandise'는 식도락을 즐기는 사람, 식도락을 가리키는 프랑스어이다.

멋대로 지어낸, 아마도 실제의 사절단 구성과도 맞지 않을 대답을 늘어놓았으니, 이제 뭐라고 보고해야 할까? 내 보고가 어떤 반향을 불러일으킬까? 나 때문에 말레이시아 대법원장의 기분이 상한 건 아닐까? 혹시나 내가 한 일 때문에 외교적인 문제가 생기는 건 아닐까?

아침 식사 시간에 사절단 각자가 전날 만찬에서 무슨 대화를 나누었는지 보고를 했다.

내 차례가 마지막이었다. 나는 천천히 하나하나 말해 나갔다. 일 분 일 분 말이 이어지고, 사이사이 침묵도 이어졌다. 내가 내 심장이 뛰는 횟수를 세고 있을 때, 한참 동안 웃음이 터져 나왔다.

캐나다 총독이 일어서서 내 쪽으로 걸어왔다.

—우리의 나라를, 우리의 모습을 잘 그려 주셨군요, 고맙습니다.

십오 년이 지난 지금, 나는 그때 들고 갔던 오래되고 망가진 여행 가방을, 바퀴가 마치 녹슨 풍향계처럼 삐그덕대며 잘 돌아가지 않는 가방을 아직 그대로 들고 세계 곳곳을 돌아다닌다. 다른 가방으로 바꿀 마음이 없다.

내 가방에는 여전히 국빈 방문 때의 수하물 라벨이 붙어 있다.

그리고 나는 여전히 캐나다의 얼굴이다.

킴 투이

Kim
Thuy

1968년 베트남에서 태어났다. 열 살 때 가족과 함께 보트 피플로 베트남을 떠나 말레이시아에서 난민 신분으로 지내다 1979년 말 캐나다에 정착했다. 몬트리올 대학교에서 번역학, 법학 학위를 취득하고 통역사, 변호사로 일했다. 이후 루 드 남(Ru de Nam)이라는 식당을 운영하면서 베트남 음식을 소개하는 요리 연구가로 활동하다가 글을 쓰기 시작했다. 첫 소설 『루(ru)』는 출간되자마자 퀘벡과 프랑스에서 베스트셀러가 되었다. 캐나다의 권위 있는 '총독 문학상'과 프랑스의 '에르테엘-리르 대상' 등 여러 국제적인 상을 받고, 『만(mãn)』, 『비(vi)』 등을 출간하며 세계적으로 인정받는 작가가 되었다. 2018년에는 대안 노벨 문학상인 '뉴아카데미 문학상' 최종 후보에 올랐고, 2020년 『엠(em)』을 출간했다.

작가의 말

서양 문화에서는 손님들을 초대해서 식사 자리를 준비할 때 정확히 몇 명이 오는지 미리 알아야 한다. 그래야 몇 명 분의 음식을 준비할지 정할 수 있기 때문이다. 베트남에서는 언제나 모든 음식을 식탁 가운데 놓고, 국물, 야채, 고기, 생선…… 전부 동시에 먹는다. 다른 사람들의 식욕을 좇아가면서도, 각자 자기 젓가락을 들고 먹고 싶은 것을, 각자의 리듬에 따라, 각자의 욕구에 따라 먹는다. 그러다 보면 누가 제일 많이, 혹은 제일 적게 먹었는지 알 수가 없다. 누가 구운 음식보다 튀긴 음식을 더 좋아했는지도 알 수 없다. 모두가 그냥 다 같이 먹었다고 생각한다. 그래서 베트남에서는 식사가 시작되기 직전에 한 명 혹은 몇 명 더 와도 부담스럽지 않다. 심지어 먹는 도중에 와도 마찬가지다. 내 어머니는 열 명의 식사를 준비했어도 열다섯 명이 먹을 수 있다고 말할 것이다.

다양성, 형평성, 이민……. 나는 우리가 이런 문제들을 미리 각자의 자리가 정해져 있는, 식기와 냅킨을 통해 한 사람 한 사람의 경계가 그어진 식탁처럼 다룬다는 느낌을 자주 받는다. 누군가의 접시에 담긴 음식은 절대 다른 사람의 접시로 옮겨 가지 못한다. 내가 오래전부터 지켜 왔고, 여전히 버리지 못하는 예절 규칙이다. 하지만 다른 방식을 생각해 볼 수 있지 않을까? 우리가 다 같이 식사 자리에 초대받아서 하나밖에 없는 똑같은 식탁에 둘러앉았다고 생각하는 것이다. 하나뿐인 똑같은 향연을 다 함께 즐기고 있다고, 하나뿐인 똑같은 행성에서 다 함께 살고 있다고 말이다. 그러다 보면 언젠가, 아마도 저절로 모두 하나가 되지 않을까? 굳이 말을 할 필요도 없이, 범주 혹은 집단으로 편을 가를 필요도 없이 말이다. 그런 사람들의 수가 늘어나면 점점 더 많은 것이 오가고, 관점들이 다양해지고, 미소들도 열 배 더 많아지지 않을까? "많이 모일수록 많이 웃는다."라는 속담처럼 말이다.

여덟 개의 안부

작품 해설

박혜진

한국 국적과 캐나다 국적을 가진 작가 8인이 쓴 단편 소설을 수록한 이 책에서 내가 가장 먼저 느끼는 것은 역설적이게도 무국적성이다. 편편의 소설들에는 무국적성이라는 단어가 환기하는 몰개성, 정처 없음, 우울, 무기력, 불안이 표층적인 사건 사고 아래를 도저하게 흐른다. 개념으로 접근하기 힘든 이 공통된 허무주의를 무어라 불러야 할까. 국가의 존재가 비어 있음에 따라 발생하는 필연적 몰개성? 무국적성을 지향하는 소설들이 가지는 특별한 스타일? 어쩌면 모종의 부재 속에서 나타나는 실재의 다양한 양태는 우리에게 도착한 새로운 질문이 아닐까?

『아직 오지 않은 미래를 기억해』는 서로 다른 지역, 언어, 문화 속에서 살아가는 8인의 작가들이 경계, 다양성, 고립, 차별 등 삶을 규정하는 기본적인 조건들이자 삶을 위협하는 실존적인 조건들을 문학적으로 형상화한 작품들을 수록한 소설집이다. 외국인 노동자, 이민자, 난민, 선주민 혼혈아 등 지정학적 조건에서 발생하는 생의 부침에서부터 AI, 언어, 관습, 역사 등 시대와의 불화 속에서 거부되는 생의 지침에 이르기까지 다양한 환란의 스펙트럼이 펼쳐진다. 개인과 국민, 현재와 문화라는 경계 혹은 한계에 속한 사람들이 자신의 경험 너머의 세상을 보기 위해 열어야 할 문이 있다면, 이 소설들이 바로 그 문을 여는 열쇠가 되어 줄 것이다. 비슷한 문제의식을 가진 작품들을 2편씩 묶어 살펴 본다.

시선으로부터의 절망, 시선으로부터의 희망

김애란의 「빗방울처럼」은 고착된 방식으로 오고 가던 시선을 전복하므로써 치유할 길 없어 보이던 상실에 위로를 더한다. 화자인 '나'는 '전세 사기'를 당해 낡은 집 한 채를 제외한 전 재산을 잃게 된다. 상실의 목록 맨 위에는 남편이 있다. 새 아파트로 가려던 꿈은커녕 원하지 않았던 허름한 집에, 그것도 혼자 살고 있는 '나'는 살아갈 힘도 살아갈 이유도 찾지 못한 채 절망의 심연을 헤맨다. 남편을 따라 죽음의 세계로 건너가는 것이 더 당연해 보일 무렵 '나'는 낡은 집 천장에 물이 찬다는 것을 알게 된다. 죽을 땐 죽더라도 천장 누수는 고치자는 마음으로 부른 도배사는 이민자 여성이다. 두 사람의 만남에서부터 분위기가 달라지기 시작하는 소설은 그가 '나'에게 무심코 건넨 말 한마디로 정점을 맞는다. "무슨 일이 있었습니까?" 그 말에 '나'는 느닷없이 마음이 흔들린다.

어색할 정도로 정확하고 비현실적일 만큼 마음에 와닿는 그 말에 생략된 것은 '천장'이겠지만, '나'에게는 그 말이 천장에 무슨 일이 있었는지 묻는 소리로만 들리지 않는다. 세상에 속아 재산을 잃고 남편마저 떠나보낸 뒤 혼자가 된 '나'에게는 '무슨 일'이 있었더랬다. 그러나 가까운 사람들로부터는 어떤 위로도 받지 못한 채 그저 생의 바깥으로 밀려나고 있던 '나'를 낯선 인물, 낯선 문장이 잠깐 멈춰 세운 것이다. 늘 시선의 대상이라고 생각했던 사람이 '나'에게 안부를 물어올 때, 그는 시선의 주체가 되고 오히려 '나'야말로 시선의 대상이 된다. 무슨 일이 있었냐는 한마디 말로써 마주 서 있던 두 사람의 존재론적 위치는 나란히 같은 방향을 향하기 시작한다. 서로가 서로를 바라보는 가운데 시선의 위계가 사라지자 소설에도 평화가 찾아온다. '나'의 마음에도 평화의 한 조각이 스며들기를.

얀 마텔의 「머리 위의 달」에도 화자의 눈에 비친 한 사람이 등장한다. 겨울 스키를 타러 간 '나'는 리조트의 휴식 공간에서 일군의 무리가 왁자지껄 떠들며 나누는 얘기를 엿듣게 된다. 스키장 화장실에 빠져 버린 한 소말리아 남자 '압디 카림 게디 하시'의 사연이다. 사람들이 하는 말에 따르면 그 남자는 변기 구멍에 빠져서 밤새 정화조에 갇혀 있었다고 한다. 믿을 수 없다고 말하는 어떤 목소리를 다른 목소리가 덮는다. "똥오줌이 가득한 풀에서 수영하면서 암울한 밤을 보내긴 했지만 멀쩡해." 그리고 이어지는 웃음소리. 누군가의 불운했던 밤이 웃음거리로 농락당할 때, 남자는 2년 전 다른 리조트에서 들었던 똑같은 얘기를 떠올린다. '나'는 그 남자의 이름과 소재를 파악하기 위해 애쓴다. 사고는 일어나기 마련이지만, 괴상한 일에도 정도가 있기 때문이다. 도저히 빠질 수 있을 것 같지 않은 변기에 성인 남자가 2번이나 빠지는 일이 어떻게 가능할 수 있을까.

수소문 끝에 만난 남자는 작고 가냘프다. 에티오피아 난민촌을 거쳐 종교 단체의 지원으로 캐나다에 오기까지 8년이 걸렸다는 남자는 의외로 자신이 변기에 빠진 일에 대해 말할 때 담담한 모습을 보인다. 그가 화를 내기 시작한 건 의외의 지점에서다. 변기 구멍으로 빛이 들어오는 모습을 보는데, 어린 시절 할머니랑 같이 봤던 보름달이 생각났다는 것이다. 할머니는 달을 가리켜 밤하늘에 뚫린 구멍이라 했고, 그 구멍으로 신이 들어온다고 했는데……. 그다음 말은 하지 않아도 알 수 있다. 신이 들어오는 구멍인 달은 온데간데 없고 그에게 주어진 구멍이란 아무리 소리 질러도 누구 하나 귀 기울이지 않는 변기 구멍뿐이었을 테니까. 가장 비참한 구멍 속에서 가장 고귀한 구멍이 떠올랐을 때, 그는 자신이 영영 가질 수 없게 된 것들의 목록을 생각했을 것이다. 낙관과 희망, 미래에 대한 기대, 그리고 신. 이제 그런 단어는 압디카림 게디 하시의 사전에 존재하지 않는다.

두 편의 소설은 공통적으로 내국인으로서 한국인과 캐나다인인 화자가 자신의 나라에서 거주하는 이주노동자, 이민자를 바라보는 시선 속에서 전개된다. 「빗방울처럼」이 '한마디 말'을 통해 시선의 전환을 이뤄 냄으로써 두 사람이 선 자리의 경계와 위계를 지운다면 「머리 위의 달」은 발밑의 정화조와 머리 위의 달이라는 수직적 구도 속에서의 극적인 대비를 통해 사연 속 웃음거리로 희화화되던 한 사람의 희망과 절망, 꿈과 현실, 과거와 현재의 낙차를 보여 준다. 내가 그를 볼 때, 그도 나를 본다. 두 편의 소설은 왜곡된 시선 속에 갇혀 있는 한 사람을 비교적 투명하게 바라보는 한순간을 포착함으로써 시선이라는 폭력을 시선이라는 희망으로 극복하고자 한다.

잃어버린 문화를 찾아서

누군가가 고립된다고 할 때, 그들의 고립은 자신이 소속되길 원하는 문화로부터의 고립일 가능성이 높다. 이번에는 고립된 사람들의 내면으로 들어가 보자. 리사 버드윌슨의 「어디에서 왔어요?」는 동거인이 외도하고 있다는 의심에 사로잡힌 '나'의 혼란 속에서 전개된다. 어디에서 왔냐는 질문을 마주할 때마다 난처해지는 '나'는 캐나다 선주민 혼혈인이다. 선주민 남성인 제이크와 '왕자 전하'라는 이름의 고양이와 살고 있는 그녀에게 어느 날 불행이 찾아온다. 고양이는 병에 걸리고 제이크는 누군가와 바람이 난 게 틀림없다. 그러나 동거인의 외도 대상이 그와 문자 메시지를 주고받은 여성이 아니라 자신이 한번쯤 만나고 싶다고 생각했던 이웃집 남자라는 사실을 알게 됐을 때, '나'는 예상 밖의 상황 속에서 어떤 마음을 가져야 할지 모르는 혼돈 상태가 된다.

「어디에서 왔어요?」는 소수자 정체성을 지닌 주인공마저도 상상하지 못한 또 다른 소수자성과의 만남을 통해 치정 로맨스가 아니라 자신을 둘러싸고 있던 안락한 거짓을 부수고 불안한 진실의 세계로 나아가는 성장소설이 된다. 일찍이 두 사람의 관계는 녹슬었다. 제이크와의 관계가 이미 무너지고 있음을 알면서도 주인공이 그 사실을 외면해 왔던 이유는, 제이크가 다만 반려자일 뿐만 아니라 자신이 홀로 고립돼 있다고 생각하지 않도록 소속감을 제공하는 존재였기 때문이다. '나'는 제이크가 크리어로 말을 걸어 줬던 것을 지금도 소중하게 생각한다. 그 순간은 스스로도 놓치고 있던 선주민다운 면모들을 일깨워 주었다. '나'는 그렇게라도 자신의 문화와 연결되고 싶었던 것이다. 그러나 관계의 균열 속에서 '나'는 제이크가 연결되고 싶었던 그 자신의 문화에 대해 인식한다. 「어디에서 왔어요?」는 문화란 타인의 호의 속에서 지켜지는 수동적인 결과가 아니라 자신의 투쟁 속에서 지켜내야 하는 능동적인 시도임을 상기한다.

윤고은의 「테니스나무」 역시 자신의 문화와 연결되고 싶은 심리가 짙게 깔린 소설이다. 아마추어 마라토너인 '나'는 2년 전 마라톤 대회에 나갔다가 유명 인사가 된다. 42.195킬로미터 풀코스 중 41킬로미터를 돌파한 지점에서 40킬로미터 지점으로 역주행했기 때문이다. 남들이 들으면 못 믿을 얘기지만 '나'는 그때 자신과 닮은 얼굴을 보고 그 얼굴을 쫓아갔던 것이다. 한편 '나'의 회사는 인간들이 하던 고객 상담 업무를 AI로 대체한다. 자신의 업무 영역이 아무도 모르는 사이에 AI로 대체되어 가고 있음을 깨닫는 사이, '나'는 자신을 AI와 구분 짓지 않는 것에 무감해지고, 급기야는 책과 러닝화의 가치를 무게로만 평가하거나 책을 펼쳐서 삼각형 꼴이 되게 세워 놓으면 텐트처럼 느껴진다는 말들 속에서도 별다른 저항감을 느끼지 못한다. 내가 한 일을 내가 한 일로 증명할 수 있는 근거가 사라지자 회사 생활을 계속한다는 건 AI와 구분되는 인간적인 것을 반납한다는 의미에 점차 수렴된다.

끊임없이 새로운 것이 생성되는 인공지능의 세계에서는 지나간 것을 그리워하거나 그 좋았던 것들을 다시 만날 수 있을 거라고 기대하는 욕망이며 행위가 가능하지 않다. 그런 비합리적이고 비생산적이며 불가해한 것들, 말하자면 인간적인 것들을 위한 자리는 없다. 끝도 없이 앞으로 나아가는 생성의 세계에서 '나'는 미지의 얼굴을 보기 위해 역주행했던 시간을 상상하며 자신에게만 존재하는 '테니스나무'를 떠올린다. 나무 아래 떨어진 테니스공의 출처가 나무라고 생각하는 건 어딜 봐도 이성적이지 않지만, 라임빛 테니스공에서 나무의 추억을 읽어내는 것은 인간만이 할 수 있는 아름다운 '일시 정지'이자 '뒤로가기'다. 완주 1킬로미터를 앞두고 역주행하며 자신과 닮은 얼굴을 보려 했듯 우리는 자신의 것, 자신이 그리워하고 꿈꾸는 것을 지켜 내기 위해 선택하고 행동할 수 있다. 인간의 달리기는 역주행을 허락한다.

부서진 언어 이후에 오는 것들

잃어버린 것을 되찾을 수 없을 때에는 새로운 세계를 찾아나서야 한다. 그 과정에는 필연적으로 기존의 세계에서 벗어나는 일이 동반된다. 김멜라의 「젖은 눈과 무적의 배꼽」에 등장하는 사람들은 배꼽에서 빛이 나온다. 어릴 때부터 배꼽에서 나오는 빛을 볼 수 있는 능력을 지닌 주인공 크리스마스는 그 빛이 타인을 향한 사랑, 혹은 성적인 에너지라고 생각한다. 당연히 모든 사람들의 배꼽에서 같은 에너지를 가진 빛이 나올 리는 없다. "한 사람의 마음에서 새어 나오는 마음의 고동"이 궁금했던 크리스마스는 "그 발광 원리를 밝혀내고 싶"어 자기만의 탐구를 이어가던 중 여자들의 빛이 사라진다는 것, 몇몇 남자들은 빛을 내지 않는다는 사실을 발견해낸다. 특히 여자들의 빛은 끊임없이 눈치를 보며 빛의 세기와 방향을 조절했다. 그러던 크리스마스에게도 빛이 다가온다. 채플 시간마다 그녀에게 수줍게 접근하는 두루미에게서.

사랑의 에너지는 눈에 보이지 않는다. 그러나 때로는 눈에 보이지 않는 것이 더 확실하게 존재하기도 한다. 세상의 어떤 것들은 존재를 다 가리키기에 너무 작은 이름을 갖고 있기 때문이다. 예를 들면 사랑의 형식, 사랑의 목적, 사랑의 대상. 소설의 배경이 학교의 채플 수업 시간이고, 화자의 별

칭이 크리스마스라는 점에 비추어 볼 때 이 소설은 기독교적 세계관에서 일반화된 사랑의 법칙들과 구분되는 방식으로 사랑의 창세기를 쓰려는 듯 보인다. 이 에너지는 사람들 사이에 날씨와 기후를 만들 듯이, 땅과 바다 식물이 광합성을 하듯이, 다른 이의 마음과 결합해 끝없이 이어지는 관계의 탯줄을 형성한다. 자연처럼 사랑의 에너지가 있고 에너지가 가는 길은 이렇듯 다채롭다. 태초의 말씀에서 비롯된 원칙으로서의 사랑이 아니라, 보다 원시적이고 본능적인 에너지로서의 사랑의 역사가 바로 김멜라의 소설 「젖은 눈과 무적의 배꼽」에서 시작된다. 아는 사랑에 앞서 보는 사랑이 있고, 연결되는 사랑이 있다.

김멜라 소설이 사랑의 전설을 다시 쓴다면 조던 스콧은 언어의 전설을 다시 쓴다. 「보라색 멧목」은 언어가 부서진 뒤에 다시 오는 세계를 아름답고 서정적으로 묘사한다. 언어 장애가 있는 작가인 아버지가 자녀 사샤에게 보내는 편지로 이뤄진 이 글에서 작가는 아이에게 “혀 위에서 한숨한숨, 높은 산에 피는 꽃처럼 밟아 으깨라고” 말하며 언어에 대한 관점에 자유로움을 준다. 이때 으깬다는 의미는 파괴와는 다르다. “꽃이 산을 뒤덮듯이” 밟아 으깬다는 것은 하나의 세계가 다른 세계를 잠식하는 것이 아니라 하나의 세계가 다른 세계와 포개어지며 새로운 생명의 순환을 시작하는 것이기 때문이다. 나 자신의 언어로 새로운 생명의 기운을 퍼뜨릴 수 있을 때 우리의 언어는 매년 새로운 꽃으로 뒤덮이는 산처럼 끊임없는 변화의 여정을 시작할 수 있다.

"나는 언어에서 나오고 싶어서, 내 성대에 박힌 단어들에서 벗어나고 싶어서 편지를 써." 자연의 아름다움 속에 깃든 아버지의 사랑, 그 사랑을 형용하기 위해 만들어진 빛나는 개별적 언어들, 그 언어를 아들과 나누고자 하는 다정함이 깃든 이 작품은 "언어가 완전히 부서지게 두자."는 결심에서 그치지 않는다. 세상에는 수많은 언어들이 있고 우리는 그 언어의 규정 속에서 살아가지만 '나'라는 산은 내가 피운 언어와 생각의 꽃으로 뒤덮여야 한다. 내가 만들어 내는 언어의 꽃으로 끊임없이 반복되며 새로워지는 생명의 순환을 일구어 내야 한다. 단독자로서 존중받아야 하는 내 언어, 창조적이고 예술적인 내 언어는 한 사람 한 사람의 고유한 세계를 상상할 수 있는 구체적인 매개물이다. 소통을 위한 불통이자 연결을 위한 단절이다. 김멜라와 조던 스콧의 글 두 편은 언어와 생각의 경계가 없는 곳에서 새로운 자유, 새로운 모험을 상상할 수 있는 우화와도 같다.

반성과 무감각을 넘어

비유적이고 은유적인 상상력으로 우리를 속박하는 개념들에 저항하는 한편, 보다 실천적이고 사회적인 상상력으로 우리를 둘러싼 세계에 균열을 낼 수도 있을 것이다. 정보라의 「미션: 다이아몬드」와 킴투이의 「판사님」이 그러한 균열을 만드는 작품이다. 특히 「미션: 다이아몬드」는 인간이라는 역사를 반추해 보게 하는 반사경 같은 소설이다. 한 중년 SF 여성 작가와 캐나다인이 지구의 친선 대표로 온코아 행성에 파견된다. 그들은 온코아 행성과 조약을 체결하기 위해 다음의 설문에 답하게 된다. "다른 문명이 당신의 접근이나 진입을 거부하거나 자신들의 영토를 떠나라고 명령한 적이 있습니까?" "당신은 다른 문명을 침략하거나 지배하거나 멸망시킨 적이 있습니까?" "당신은 다른 인종을 학살하거나 노예 혹은 식민지로 삼거나 착취한 적이 있습니까? 혹은 그러한 행위를 도운 적이 있습니까?" 온코아인들과의 문답을 통해 화자는 지구와 지구인에게 내재된 폭력과 학살의 역사를 마주한다. 타자와의 만남을 통해 우리는 우리 자신의 벌거벗은 정체를 확인하게 된다.

「미션: 다이아몬드」는 소설집에 수록된 작품 중 시공간의 스케일이 가장 큰 이야기다. 우리가 상상할 수 있는 가장 다른 존재로서의 외계인이 등장하고, 그들과의 만남을 통해 인간으로서, 지구인으로서, 한국인으로서 우리가 만들어 온 역사에 대해 반성하게 한다. 이 과정은 우리로 하여금 새로운 질문 앞에 서게 한다. 다름 아닌 '우리'를 타자화하는 일이다. 폐쇄적이고 고립적인 태도가 아니라 열린 가능성으로 타자를 바라보고 수용할 수 있기 위해 가장 먼저 극복해야 할 것은 '우리'라는 이름으로 쌓아올린 신화들일 것이다. 「미션: 다이아몬드」는 거대한 타자와의 만남을 통해 우리로 하여금 익숙해져 왔던 우리로부터 멀어지게 만든다. 작가는 행성 간이라는 공간적 거리감을 활용해 역사라는 시간적 거리감을 상상할 수 있는 회로를 놓는다. 그 길 위에 서자 순식간에 '우리'의 역사에 대한 질문들이 떠오른다.

킴 투이의 「판사님」은 베트남 보트 피플로서의 경험과 캐나다 이민자로서의 삶을 통해 정체성 혼란, 새로운 사회에 소수자로서 적응하는 과정의 문화적 충돌 및 융화의 과정을 담담히 서술하는 소설이다. "아무것도 느끼지 말 것. 그 무엇도 마음에 담지 말 것." 말레이시아에서 난민으로 생활하며 겪은 파멸의 경험이 남긴 트라우마를 표현하는 가장 정확한 문장이 이것 아닐까. 자신이 겪었던 난민 시절에 대해 말할 때 주인공은 자신의 뇌가 자신의 감각이 제 역할을 하지 못하도록 막아섰던 것에 깊은 안도감을 표한다. 그렇게 하지 않았다면 세상의 모든 추악함을 다 들이마시고 인간의 존엄성을 잃어가는 과정을 지켜봤을 거라면서. 그러나 우리가 그 말에서 읽어 내는 것은 그의 무감각이 아니다. 오히려 외면할 수 없었을 감각의 무차별적 침투다. 감각은 선택할 수 있는 것이 아니다. 감각의 쓰나미를 거부할 수 없든 기억 또한 마찬가지다. 지금의 삶이 얼마나 괜찮든, 과거는 불시에 나타나 빛의 속도로 그를 다시 휘어 감는다.

그러나 놓아 주지 않는 과거에 붙들려 있으면서도 그는 '카나다'라는 말에서 극복의 단서를 얻는다. 캐나다라는 국명은 16세기 프랑스인 자크 카르티에가 세인트로렌스강 유역에서 처음 접한 원주민인 휴런족을 만나 그들에의 정착지를 가리키며 어디냐고 물었을 때 이로쿼이어로 '마을'을 뜻하는 '카나타'라고 대답한 데서 유래한다. '나'는 카나다라는 소리를 내기 위해서는 입술을 같은 모양으로 계속 벌리고 있어야 하는 데 주목한다. 마치 한계나 닫힘, 끝이 없는 것 같은 그 모양을 생각하면 그 말이, 듣는 사람이 자신의 문장을 이어가길 기다리는 것 같다는 생각을 하면서 말이다. 「판사님」은 '카나다'의 이미지를 통해 우리에게 필요한 태도에 구체적인 감각을 입혀 준다. 한계나 닫힘, 끝이 없는 것 같은 그 모양을 생각하니 8편의 소설에 등장하는 사람들이 자신의 문장을 이어 가고자 입을 떼는 장면이 떠오른다.

무국적성에서 시작된 이 글의 끝에서 다시 한번 무감각에 대해 생각한다. "아무것도 느끼지 말 것. 그 무엇도 마음에 담지 말 것." 내 삶의 몇 장면들에도 이런 문장이 등장할 때가 있었다. 무방비한 폭력에 노출됐을 때, 기억하고 싶지 않은 순간을 지나고 있을 때, 나도 주문처럼 이 문장을 되뇌었다. 감히 그 결심에 담긴 마음을 안다. 무감각해지기 위해 애써 노력하는 사람들의 무표정에는 개성이 없고 정처가 없다. 우울하고 무기력하고 불안하다. 내가 이 소설들을 읽으며 느꼈던 공통된 허무주의의 출처가 바로 아무것도 느끼지 말자고 다짐하고, 그 무엇도 마음에 담지 말자고 약속한 창백한 결심에 있을 것이다. 그러나 그 결심의 바닥에는 아직 완전히 낙담하지 않은 마음들이 있다. 소설 속 인물들에게 그러하듯, 그 어두운 마음에 안부의 빛을 건네고 싶다. 그때 그 안부를 가리켜 우리에게 도착한 새로운 질문이라 불러도 좋을 것이다.

박혜진(문학 평론가)

옮긴이 **홍한별**

글을 읽고 쓰고 옮기면서 살려고 한다. 지은 책으로 『아무튼, 사전』 『우리는 아름답게 어긋나지』(공저), 옮긴 책으로 『도시를 걷는 여자들』 『하틀랜드』 『이처럼 사소한 것들』 『클라라와 태양』 『달빛 마신 소녀』 『나는 가해자의 엄마입니다』 『나는 불안과 함께 살아간다』 『호텔 바비즌』 『깨어 있는 숲속의 공주』 『모든 것을 본 남자』 등이 있다. 『밀크맨』으로 제14회 유영번역상을 수상했다.

윤진

아주대학교와 서울대학교 대학원에서 프랑스 문학을 공부했으며, 프랑스 파리 3대학에서 박사 학위를 받았다. 전문 번역가로 활동 중이다. 옮긴 책으로 『자서전의 규약』 『문학생산의 이론을 위하여』 『위험한 관계』 『아소무아르』 『알렉시 · 은총의 일격』 『주군의 여인』 『태평양을 막는 제방』 『물질적 삶』 『질투의 끝』 『알 수 없는 발신자』 『사소한 삶』, 킴 투이의 『루』, 『만』, 『앰』 등이 있다.

아직 오지 않은 미래를 기억해

1판 1쇄 찍음 2024년 9월 30일
1판 1쇄 펴냄 2024년 10월 10일

지은이 김멜라·김애란·윤고은
정보라·리사 버드윌슨
얀 마텔·조던 스콧·킴 투이
엮은이 (사)와우컬처랩
펴낸이 박근섭 박상준
펴낸곳 (주)민음사

출판등록 1966. 5. 19. 제16-490호
서울시 강남구 도산대로 1길 62(신사동)
강남출판문화센터 5층 (06027)
대표전화 02-515-2000
팩시밀리 02-515-2007
홈페이지 www.minumsa.com

ISBN 978-89-374-2810-4 03810